陰陽師（おんみょうじ）

烏天狗（からすてんぐ）ノ巻

夢枕獏

文藝春秋

目次

装画　村上豊
装丁　上楽藍

陰陽師（おんみょうじ）

烏天狗ノ巻

兼家奇々掻痒

一

このところ、身体が痒(かゆ)いのである。

痒くて痒くてたまらないのである。

はじめは、頭のてっぺんあたりだった。

何かむずむずするようで、髪の中に虫が入り込んだようで、烏帽子(えぼし)をとって、髪の中に指を突っ込んで、ぽりぽりと掻けばそれでおさまった。

しかし、翌日には、もうそれではおさまらなくなった。

頭の表面だけではなく、頭の中まで痒くなってきたのである。髪の生えている地肌を掻くだけではおさまらないのである。

できることなら、頭の鉢を割って、中まで両手の指を突っ込んで、伸びた爪で思う存分掻きむしりたい。

だが、それができるわけでもない。

我慢しても、

「くうう」

すねている犬のような声が出てしまう。

つらいのに、どうしてこのようななさけない声が出てしまうのか。たれかに聞かれたら笑われてしまうような声だ。

さらにその翌日には、首のあたりまでその痒みが降りてきて、手や足、腰のあたりまで痒くなり、その翌日にはそれが全身におよんだ。

しかも、痒いのは、身体の表面ではなく、身体の中なのである。

腹の中へ手を入れて、はらわたを爪でめちゃくちゃに掻きまわしたい。だが、それができない。

槍を腹の中に突き入れて、はらわたをずぶずぶと隙き間なく、貫いてやれば、この痒みはおさまるであろうか。

やりたい。

でも、できない。

悶えた。

できるのは、身体の表面を掻きむしることだけである。

庭の池の中にある島の橋や草木を、手入れすることになっており、それについてはあれこれ指示しておかねばならないことがあるのだが、それもできない。

藤原兼家が、ついに晴明を呼び出したのは、痒みを覚えてから七日目——

九月の二十八日のことであった。

二

兼家の屋敷は、押小路と油小路が交叉するところにあった。

世間には、東三条殿で通っている。

呼ばれて、すぐに晴明は東三条殿までやってきた。

「おう、晴明。早うこれをなんとかしてくれぬか——」

兼家が、身悶えしながら言う。

「身体の中に手を突っ込んで、骨までひっ掻きたいのじゃが、それもできぬのじゃ」

そう言っている間も、兼家は、休むことなくもじもじと身体を動かし続けている。

その姿は滑稽だが、表情には悲愴なものが張りついている。

「では、そのお召しものを脱いでいただけますするか」

晴明が言ったのは、兼家からひと通り話を聞いてからであった。

身につけていたものを、兼家が脱いだ時、その場にいた者たちが、

「おう……」

と、息を呑んだのは、兼家の全身の皮膚が赤く腫れあがっていたからである。

爪で掻かれ、皮膚がぼろぼろになっており、幾筋もの爪跡からは、血が流れている。皮膚のめくれあがった肌のあちこちに膿が溜まって悪臭を放っている。

その肌に手をかざして、

「確かに、何やら悪しき気がございますが、はて——」

晴明が首を傾ける。

「どうしたのじゃ」

「たれかが、呪詛しているようでござりますが、そうでもないところもござります。奇妙なところが多少……」

「どうすればよいのじゃ、晴明よ。ぬしが駄目なら、もう、このわしは、痒み死にするしかないということではないか——」

晴明は、傾けていた首をもどし、

「試したきことがひとつ」

そう言った。

「なんじゃ」

不安そうにそう言った兼家は、すでに、もとのように着ていたものを身に纏い終えている。

「竈から、手桶に灰を持ってきていただけませぬか」

晴明が言うと、さっそく、灰の入った手桶がそこへ運ばれてきた。

「これへ」

と、晴明は板の間の中央へ兼家を座らせ、手桶から灰を掴み取ると、その周囲に灰を撒き始めた。

撒くというよりは、手の隙き間から灰を少しずつこぼしながら、その灰で円を描いてゆく。

中央に座している兼家の周囲に、二重に円が描かれた。

そこへ、さらに、灰をこぼしながら、梵字やら、わけのわからぬかたちや線を晴明が描いてゆく。

その作業を終え、晴明はその灰を踏まぬように円の中に入ってゆき、兼家の前に立った。

「どうなってしまうのじゃ、わしは――」

「お静かに」

晴明は、兼家を黙らせて、右手の中指を一本立て、それを自分の下唇に軽くあて、その状態で、低い声で呪を唱えはじめた。

と――

灰で描かれた円の一番外側の一画に、変化が生じた。

円を描いていた灰が、ある一点から崩れて動き出したのである。

それも、内側へ。

その崩れはさらに広がり、灰で描かれた梵字や、様々な線、二本目の円を作っていた灰までもが、内側へ、内側へと崩れるように動いていく。

「わわっ」

と、兼家が声をあげたのは、その灰が自分の膝先にまで届いたからだ。

晴明が呪を唱えるのをやめると、灰の崩れる動きも止まった。

「せ、晴明、これは何じゃ……」

晴明は、兼家の声が聴こえぬかのように、崩れた灰が描いた円の内側への筋を見つめ、顔をあげ、

「朱雀(すざく)の方角ですね」

そう言った。

朱雀——すなわち、南の方角である。

「朱雀の方(かた)より、悪しき気が届いてまいります」

晴明は、南へ向かって歩き、簀子(すのこ)の上に立った。

そこからあたりを眺め、

「思ったよりも近うござりまするな」

独り言のようにつぶやいた。

その先は庭であり、池がある。

池の中に、島があった。

「あの島あたりでござりまするな」

三

島には、橋が架かっていた。

晴明が、先頭になって、その橋を渡ってゆく。

島は大きくないし、橋も大きくない。

歩幅を大きくすれば、ほんの十数歩で島へ渡れてしまう。

橋は一部が朽ちかけていて、身体の重い者が、力を入れて踏めば、踏みぬいてしまいそうな箇所もあった。

枝ぶりはよいが、半分枯れかけた松が一本。

楓(かえで)が何本か。

大きな岩が、ごろりごろりと幾つか転がって、丈の低い笹が、島の半分を覆っている。

兼家と、何人かの家人(けにん)が、一緒に島に渡った。

「はて――」

と、晴明はあたりを見回した。

「いや、晴明。そこの松は枯れかけておるし、橋も腐って、人が歩けば踏みぬくかもしれぬ。それで、橋を架けなおし、この松も植えかえようと思うていたのだが、わしがこのような有様でな。そちらの方の仕事がはかどっていない」

兼家が、身体をもじもじとゆすりながら言う。

「ははあ――」

そう言いながら、晴明は、今話の出た枯れかけた松の方に向かって歩いていった。

そこに、大きな岩があって、その岩に根をからめるようにして、松が生えている。

根元のあたりは、楓と松の落葉が重なりあっている。

足を止めた晴明、

「ははあ、このあたりですね」

しゃがんで、松の根元あたりに積もった枯れ葉を右手でどける。

「これですね」

晴明が、枯れ葉の下から拾いあげたのは、一尺にやや足りないくらいの、木でできた人形(ひとがた)であった。

厚めの板を、人のかたちに切ってある。

晴明の周囲に、兼家たちが集まってきた。

ちょうど、首のところに、黒い糸のようなものが結んであった。

さらに、胴のところに、

〝藤原兼家〟

と書かれていた。

「こ、これは？」

兼家が声をあげると、

「厭魅（えんみ）ですね」

晴明が言った。

「厭魅？」

「人形を使って、人を呪う方法ですよ。ここに兼家さまの名が書かれているところをみると、この人形は――」

「わしか!?」

兼家が、怯（おび）えたように声を高くした。

「おそらく」

晴明はうなずき、

「試してみましょう」

その人形を地面に置くと、二本の足で立った。

短く呪を唱え、唱え終えた上下の唇に右手の人差し指をあて、その同じ指の先を人形にあてた。

すると——

その人形が、ひょこり、ひょこり、と動き出した。

身体を右へ傾け、左に傾け、交互にそれを繰り返しながら、人形が歩きはじめたのである。

その歩いてゆく方向にいるのは、兼家であった。

「ま、まさか、人形が、わ、わしの方に……」

兼家が後ずさる。

その人形が、兼家の足元に達する前に、晴明は左手でその人形を拾いあげた。

「では、この髪を——」

晴明は、人形の首に巻かれていた黒い糸のようなものをはずして、それを、また地面に置いた。

よく見れば、それは、一本の黒髪であった。

と——

その髪が、枯れ葉の上で、蛇のように鎌首を持ちあげた。

そして、その身を縮めたり、伸ばしたりしながら、尺とり虫のように、枯れ葉の上を這ったたのである。

　その髪が向かっているのも、兼家のいる方向であった。

「間違いありません。これは、兼家さまのお髪です。つまり、この人形は、書かれている名前からもわかる通り、兼家さまを呪うために用意されたものということで間違いありません」

「な、なんと⁉」

「兼家さま、身に覚えは？」

「し、知らん。たれがこのわしを呪おうとしているのか、そんなこと、知るものか――」

　兼家は、首を大きく左右に振った。

「た、たれじゃ、このような人形を作り、わしを呪おうとしたのは――」

「あわてずに、兼家さま。順を追って、話をすすめてゆきましょう」

「う、うむ」

「その前に、その痒みの正体ですが……」

　晴明は、左手に持った人形を見つめ、

「なるほど、そういうことでしたか」

　人形の胸に、そろえた右手の人差し指と中指をあて、小さく呪を唱えて、

「ふっ」

　と、息を吹きかけた。

すると、その人形の中から、ぞわぞわぞわぞわと、無数の小さな白い虫が這い出てきた。

「こ、これは⁉」

兼家は、それを見て、半歩後ずさって、腰を引いた。

「白蟻にござります」

「なんと⁉」

「見れば、この松、腐ったところから白蟻に喰われております。この松が枯れかけているのはそのためで、ここに置かれた人形に、この松を枯らした白蟻が入ったのでしょう」

「そ、その白蟻が、わしの人形を喰いあらしておったので、あんなにわしの身体の中が痒かったということか」

「はい。さきほどの奇妙な感じは、この白蟻のものだったわけですね――」

「む、むうむ……」

兼家が唸(うな)る。

「ここはひとまずお屋敷の方へもどりましょう」

「う、うむ」

「もどったら、ひとつ、お願いがござります――」

「なんじゃ」

「この屋敷の者を、皆、庭に集めてくだされますか――」

「み、皆?」

「はい」

何が何やらわからぬながら、晴明が言う以上、否とは言えず、また、言う理由もない。

「わ、わかった」

兼家はそう言ってうなずいたのであった。

四

庭に、その時屋敷にいた者が皆集められた。

家人。

女房。

庭師や、賄(まかな)いの者。

東の対(たい)の者、西の対の者。

牛飼い童(わらわ)など、その数合わせて三十二名。

兼家は、簀子の上に座し、これまでの痒みが嘘であったかのように、涼しい顔をして皆々を眺め下ろしている。

その傍に晴明は立ち、左手に件(くだん)の人形を握っていた。

庭にいる者たちは、皆、それぞれに土の上に座している。

晴明が説明するまでもなく、すでに、この場にいる者たち全員に、人形が見つかったことは知れわたっているようであった。

晴明は、左手に持った人形を持ちあげてみせ、

「この人形に、兼家さまのお髪が一本、からめてありました」

それを庭に座した者たちに見せた。

「この人形を作った者は、兼家さまのお髪を手に入れることのできる者――つまり、身近な者であろうとわたしは考えております。おそらくは、この屋敷の中にいる者であろうと――」

庭にいる者たちは、神妙な顔で、晴明の言葉を聞いている。

「ようするに、ここに集まった皆様の中に、これを作った方がおられる可能性が高いということです」

そう言って、晴明は、反応をうかがうように、皆々を見回した。

「呪というものは不思議なもので、返しというものがあります。たれかをこのように厭魅して、その術が破られると、それまで呪うていたものがみな、厭魅した者のところへ返ってくるのです。厭魅の法というのは、特に、それが強い――」

そこまで言って、晴明は、腰を落とした。

晴明の足元に、筆と硯が用意されていて、硯には、磨ったばかりの墨が溜まっている。

晴明は、筆を手に取り、墨をたっぷり含ませて立ちあがった。

その筆で、人形に書かれた、

〝藤原兼家〟

という文字を塗り潰した。

そして、その反対の側に、あらためて文字を記し、それが、皆に見えるよう、高くかざした。

〝汝が主のもとへ帰るべし〟

そこにはそう書かれていた。

晴明は、しゃがんで筆を置き、また立ちあがって、一度、その人形に息を吹きかけ、唇に指先をあてて呪を唱え、そしてまた、

「ふっ」

と息を吹きかけた。

その人形を、簀子の上に置いた。

一同が、驚きの声をあげたのは、その人形が立って、倒れぬばかりか、
かたり、
かたり、
左右に身体をゆらしながら、歩きはじめたからであった。

人形は、階のところまで歩いてゆくと、そこで方向をかえ、庭の方へ身体を向けた。

〝汝が主のもとへ帰るべし〟

の文字が、はっきり見える。
かたり、
かたり、
と歩いて、からり、と音をたてて、人形は一段下の階の上に落ちた。
見ていると、人形が、なんと、そこで立ちあがった。
かたり、
かたり、
と歩いて、また、からり、と一段下の階の上に落ちる。
この人形が、庭にいるはずの、主のもとへ——つまり、自分を作った者のところへ帰ろうとしているのは明らかであった。
「呪の返しは、こわい……」
晴明がつぶやく。
「時に、術者が死に至ることもありますね……」
静かで優しい、諭すような声であったが、それだけに、こわい。
そのうちに、人形は階を下りきって、
からん、
と土の上に落ちた。

人形が、ゆっくりと起きあがり、また、
さく、
さく、
と、土を踏みながら歩き出した。
「お許し下さい」
という声があがったのは、その時であった。
見れば、女房のひとりが立ちあがり、顔を両手で覆って、
「わたくしです。その人形を作ったのはわたくしです……」
このように言って、さめざめと泣き出したのであった。

五

「庭に皆を集めたというのは、おまえにしては珍しいことだな」

酒の入った杯を左手に持って、そのように問うてきたのは博雅(ひろまさ)であった。

土御門大路(つちみかどおおじ)にある、安倍(あべの)晴明の屋敷——その簀子の上だ。

そこに座して、晴明と博雅は、酒を飲んでいるのである。

ふたりの間に蜜虫(みつむし)が座して、杯が空になるたびに、それへ、瓶子(へいし)から酒を注いでいる。

すでに、夕刻であった。

灯を点すほどではないが、庭の叢のあちこちで、もう、秋の虫が鳴きはじめている。

「そろそろ、おまえが訪ねてくるころであったからな、早めに始末をつけることにしたのだ」

「早くもどって、こうして酒を飲みたかったのであろう」

「ま、そういうことだ」

「それで、どうなったのだ、晴明よ」

「知りたいか」

「むろんじゃ。もったいぶらずに、早く続きをおれに聞かせぬか――」

そう言って、博雅は、左手に持った杯の酒を乾した。

晴明は、博雅の飲んだ酒が、胃の腑にまで落ちて沁み込むのを待ってから、

「こういうことさ」

しばらく前にあったことの続きを語り出したのである。

六

それは、あやめという名の女房であった。

兼家の屋敷にあって、朝や晩に、兼家の着替えを手伝うのが仕事であった。

手伝う、といっても、兼家はほぼ何もせず手や足をあやめに言われるままに上げたり下げたりしているうちに、いつの間にか着ているものが脱がされ、いつの間にか着せられているとい

うのが実情である。

「あやめ、どうしておまえが」

座していた兼家が立ちあがってしまった。

それほどびっくりしたのであろう。

「申しわけございませぬ。あるお方に頼まれまして――」

あやめが言う。

「あるお方だと？」

兼家が問うと、

「おれだよ」

そういう声が響いた。

その声は、あやめの唇から洩れた。

皆が驚いたのは、その声が、まぎれもない男の声だったからである。

どうして、女のあやめの口から男の声が洩れるのか。

「あなたは、人ではありませんね」

晴明が、簀子の上から声をかけた。

「いかにも。おれは人ではない。おまえたちから見たら、人外(にんがい)の者――もののけさあ」

「いったい、どなたです」

「松だよ。池の浮島に立つ、あの、虫に喰われて、朽ちなんとしているあの松が、このおれだよ」

「どうしてこのようなことを？」

「兼家さ。兼家のやつが、虫に喰われたおれを見て、なんとこのおれを根から切り、株を引き抜いて殺そうとしたからさあ」

「ははあ」

「それで、この女の夢にあらわれて、たぶらかし、頼みごとをしたのさ。人形を作らせ、兼家の名を書き入れ、髪を手に入れて、それを人形に結ぶ。それを、あそこへ置いておけば、虫がたかり、身中がこそばゆうなり、たまらなくなる。それをたっぷり味わわせてやった後、今夜あたり、兼家の夢にあらわれて、身現わしして、松を殺さずに、いずれかへ植えかえてもらおうと思うていたのさ。そこへ、晴明、おまえがのこのこ出しゃばって来たというわけさ――」

「なるほど。それで全部わかりましたよ」

「こうなっては、もはや、おれにはどうともできぬ。晴明、あとのことは全ておまえにまかせる故、何とでもせよ」

そう言い終えたとたん、はっ、と女は我にかえって、再び、

「お許しくだされ」

そこに泣き伏したのである。

七

「それで、どうなったのだ、晴明よ」

博雅が、蜜虫があらたに注いだ酒の入った杯を手にして言った。

いつの間にか、あたりは暗くなって、秋の虫の声が、いよいよ繁く闇に響いている。

蜜虫が点した燈火が、静かに燃えていた。

「明日、こちらへいらっしゃる」

晴明が言った。

「こちらへ？　どなたがだ」

「松公殿(しょうこう)だよ」

「松公殿？」

「兼家殿のお屋敷に生えていた、件の松さ。明日、掘り出されて、牛に曳かせてここへ届くことになっている」

「そういうことになったのか」

「なった」

「それはよかった」

「あれで、どうして、五百年生きた松ぞ。うちの池のあのあたりにお住まいいただこうと思うているのだが、もう、百年、二百年は充分に生きるだろうよ」

晴明が言うと、そうだと答えるように、虫たちが、ひとしきり、自分たちの楽器を、大きく、強く、鳴り響かせたのであった。

金木犀（きんもくせい）の夜

一

ほろほろと酒を飲んでいる。

夜——

土御門大路（つちみかどおおじ）にある安倍晴明（あべのせいめい）の屋敷だ。

その簀子（すのこ）の上で、源 博雅（みなもとのひろまさ）は、晴明と酒を飲んでいるのである。

晴明は、白い狩衣（かりぎぬ）を着て、柱の一本に背をあずけ、片膝を立てて、庭を眺めている。

右手に持った杯には、まだ口をつけていない酒が満たされている。

庭にこぼれているのは、青い月の光である。

満月を三夜ほど過ぎた、太った瓜（うり）のかたちに似た月であった。

燈台に、灯りがひとつ、点されている。

博雅は、左手に空になった杯を持っている。

その杯へ、今、蜜虫があらたに酒を注いでいるところであった。

庭の草叢や樹々の梢の中で、秋の虫がころりころりと鳴いている。

りりりりりりり、
と、澄んだ声で鳴く虫もいる。

夜の大気の中に、ほのかに甘い薫りが漂っているのは、これは咲きはじめた金木犀の匂いである。

満たされた杯を持ちあげて、

「いや、不思議なことだなあ、晴明よ」

博雅が言う。

「何のことだ、博雅」

そう言って、晴明は杯を口に運び、酒を紅い唇の中に含んだ。

「だから、この木犀の花の匂いのことだ」

「それがどうしたのだ」

「夏の間は、この木犀の樹が、庭のどこに生えていたかなど、ころっと忘れていたのが、こうして花の匂いが漂ってくると、この花のことやその樹のことを思い出すということだよ……」

「ふうん」

「まあ、思うに、人もこのようなものではないかと、そんなことを、おれは今、考えていたのだよ」

「人？」

「そうさなあ——」

と、思案げに首を傾けてから、

「たとえば、壬生忠見(みぶのただみ)どののことだ」

「恋すてふの忠見どのだな」

「うむ」

博雅がうなずく。

天徳四年、村上天皇の時に、清涼殿(せいりようでん)で歌合わせが催された。

左方と右方に歌人を分けて、それぞれに題を決めて歌を詠ませ、左方と右方、いずれの勝ちかを判者が判定する。

天徳四年のこの時は、右方の講師、つまり歌を読みあげる役を源博雅がやっている。

この歌合わせで、恋の題で歌を詠んだのが、左方壬生忠見、右方平兼盛(たいらのかねもり)であった。

忠見が詠んだのが、

恋すてふわが名はまだき立ちにけり人知れずこそ思ひ初めしか

であった。

右方の平兼盛が詠んだのが、

忍ぶれど色に出にけりわが恋はものや思ふと人の問ふまで

の歌であった。

この勝負、兼盛の詠んだ〝忍ぶれど〟の歌が、忠見の詠んだ〝恋すてふ〟の歌に勝ってしまったのである。

負けた忠見は、これがくやしくて、食わずの病になり、餓死をした。

以来、夜になると、〝恋すてふ〟の歌を口にしながら、清涼殿のあたりをそぞろ歩く忠見の姿を見たという者も現われるようになった。

「で、その忠見どのが何だと？」

晴明が問う。

「つまり、この忠見どののことを、皆——というより、このおれはいつもは忘れているということさ。亡くなられたという話を耳にした時は、おかわいそうにと、日々忠見どののことを思わぬことはなかった。おれは、あの時講師をやっていたしな。人ごととは思えなかった……」

「であろうな」

「しかし、月日が過ぎ、歳も重なってくると、いつの間にか忠見どののことを思わぬ日の方が多くなり、この頃は、めったに思い出すこともない」

「うむ」

「しかし、どなたかに想いをよせたりすると、この歌のことが思い出されるのさ。どなたかに想いをよせたりしておらぬ時でも、何かのひょうしに、この〝恋すてふ〟の歌を耳にしたり眼にしたりすると、忠見どののことをしみじみと思い出してしまうのさ。まるで、これは、金木犀とその花の匂いとの関係のようではないか……」

しみじみとした口調でそう言って、博雅は杯の酒を乾した。

話を聞きながら、晴明は庭へ眼をやっている。

「どうした？」

博雅が問う。

「どうやら、その香りがやってきたらしい……」

庭に眼を向けたまま、晴明が言う。

「なに!?」

「見よ、博雅」

言われて、博雅が庭に視線を転じた。

と――

竜胆(りんどう)の草叢の中に、月光に濡れたように、ぼうっと立つ人影があった。

竜胆の花や葉には夜露が凝(こご)って、月を宿してきらきらと光っている。

無数の小さな月と、秋の虫の声に囲まれてそこに立つもの――

女であった。

白い衣(きぬ)を纏(まと)い、長い髪を垂らしたまま、庭から晴明と博雅に視線を向けている。

金木犀の薫りが、そのままそこに女の姿となって凝ったようであった。

「晴明、どなたか訪ねてくるという約束でもあったのか――」

博雅が問う。

「いいや」

晴明は、杯を、簀子の上に置き、

「どなたかね。わたしに何か御用でも?」

女にそう声をかけた。

「はい……」

消え入りそうなほど細い声で女はうなずき、膝で草を分けるようにしながら、前に出てきた。

簀子のすぐ先で足を止めた女に、

「む」

と、博雅が、出そうになった声を押しころしたのは、そこに立った女の顔を見たからであった。

顔に、深い皺（しわ）の浮いた老婆であった。

さらに、顔には無数の吹出物があった。

額から、右頬にかけて、幾つもの吹出物ができていて、そこから、膿（うみ）があふれ出ている。

左頬には、大きな痣（あざ）があった。

袖から見えている左右の手と腕にも同様のものが見えている。

首から襟のすぐ内側にもまた、痣と吹出物があるのがわかる。

してみると、白い衣に覆われた全身に、同様のものがあるということであろうか。

「どうぞ、晴明さま、わたくしをお助け下さいまし……」

女は、細い息と共に言った。

「助ける？」

「今、あなたさまがごらんになっているこの顔にある吹出物、そして痣、これが全身におよんでおります。老いて先ゆき長くはない命とはいえ、このままでは、あと三日もせぬうちに、痣や吹出物は、口の中からはらわたにまでおよび、遠からぬうちに、死することとなりましょう」

女は、それだけ言うのに、途中、何度も言葉を止めた。休み休みでなければ、とても、全部をひと息には口にできぬほど、身体が弱っているようであった。

枯れた芋の蔓よりも、その身体は痩せ細っている。

「その病がいったい何なのか、診てみたいのですが、あなたは、陽態のものではありませんね……」

「はい。わたくしは、陰態のものでござります……」

「本体はいずこに？」

「西の京に、宝千寺という破れ寺がござりまして、わたくしは、その床下に三年ほど前から棲みついているものにござります——」

「宝千寺というと、あの、身がわり観音のいらっしゃる……」

「はい。破れ寺ながら、観音菩薩の霊験あらたかということで、日に三人、四人ほどは参拝する方がおられ、もはや、老いて自ら食を求めることのできぬ身なれば、その方々が供えるものを喰うて、老いたるこの身をながらえさせております」

「ははあ、供えられたものを喰うておられたと……」

「晴明さまには、これがどういう意味かおわかりかと——」

「はい」

「この病、死した後も、あの世までこの身について持ってゆかねばなりません」

「そうですね」

「あの世には、三年前に亡くなった我が夫がおりまして、死した後再びあい見ゆる時は、この病の姿を見せたくはございませぬ」

「でしょうね」

「わたくしには、どうすればこの病を癒すことができるのか、わかりませぬ。どうぞ、晴明さま、何とぞ何とぞ、このわたくしをお救い下されませ……」

「承知いたしました。では明日早朝、この博雅ともども、宝千寺までうかがいましょう……」

「もう少し、長くお話しさせていただきたかったのですが、すでに力なく、この姿をあといくらも保ってはおられませぬ。そろそろおいとまを……」

ふっ、

と、その姿が消えた。

言い終えるのと、ほぼ同時であった。

それまで、老婆が立っていた草の上に、青い月光がしらしらと注いでいるばかりであった。

二

「おい、晴明、今のは何だ!?」

老婆の姿が見えなくなった瞬間、博雅がそう問うたのは言うまでもない。

「陰態のものだ」

「陰態？」

「さっき、おれが香りがやってきたらしいと言ったろう。その香りさ」

「何？」

「木犀と同じということだ。今、ここでこれほど匂うているが、その本体はここではなく、あの松の先の闇の中にある……」

「いやいや、晴明、そういうことを訊ねているのではない」

「では、何を訊ねているのだ」

「今、あったことをだ」

「おまえも、一緒にいたではないか。何があったかは、おれが言うまでもないことであろう――」

「いや、晴明よ、そういうことではない。おれは、確かにおまえと一緒にいて、一緒にあの老婆を見たが、いったい、何があったのかよくわかってはいないのだ。だから訊ねているのではないか――」

「それならば、明日、わかる」

「明日だと？」

「ああ」

「もったいぶるなよ晴明、明日まで待てるものか。今、ここで、おまえがわかっていることをみんな教えてくれたっていいものではないか――」

　博雅が、子供のようになっている。

「まあ、待てよ博雅。おれだって、何が起こっているのか見当はついているが、どうすればよいかがまだわかっていないのだ」

「なに⁉」

「酒でも飲みながら、ゆるゆると考えをまとめたい。まあ、つきあえ――」

　晴明は、簀子の上に置かれていた瓶子を手にとって、博雅に向けた。

「つきあうとは、酒のことか」

「酒もそうだが、明日のことを言っている」

　言いながら、晴明は、博雅が持った杯に酒を満たしてゆく。

「明日?」

「宝千寺さ。博雅ともども、明朝ゆくと、言ったばかりではないか」

「宝千寺まで一緒にゆけと――」

「まあ、そういうことだ」

「む」

「ゆかぬのか」

「む、むむ」

「どうなのだ」

「ゆ、ゆく」

ならば——

と、晴明は自分の杯に酒を満たし、瓶子を置いて、杯を手にとって持ちあげた。

「ゆこう」

「ゆこう」

そういうことになったのであった。

三

早朝——

晴明と博雅は、傾いた山門をくぐり、人気のない宝千寺の境内に入っていった。

秋の草が生い繁り、屋根の傾いた本堂に向かって、わずかに踏み跡があった。

一日に数人はいるという参拝する者たちが作った踏み跡であろう。

その踏み跡に沿って歩いてゆくのだが、それでも、着ているものの裾が、露を吸って重くなった。

破れ寺である。

さっきくぐった山門もかたちばかりのものだ。

ここに住んで、毎日お勤めをする僧は、ひとりもいない。

草の中に、朝の陽光を浴びて、ぽつんと小さな本堂があるだけであった。

参拝する者たちがやってくるのは、もっと陽が高くなってからのことであろう。

開いたままの扉から、晴明と博雅は本堂の中へ入っていった。

壁や屋根に穴があいていて、そこから陽が差してくるため、内部は思ったよりも明るかった。

奥に、壇があり、その上に古びた厨子(ずし)が置かれていて、その扉は開いていた。

床を踏んで、晴明と博雅が近づいてゆく。

厨子の中を覗き込むと、そこに、高さ一尺ほどの、木片のようなものが立てられていた。

木片といっても、鴨川かどこかで拾ってきた流木のようでもあり、いずれかの森の中から拾ってきた枯れ木の一部のようでもあった。

「晴明、これは?」

「観世音菩薩であろうよ」

晴明が言った。

なるほど、暗がりに慣れた眼で見れば、それは、形状といい、その姿といい、観音菩薩の像に見えなくもない。

「一日に三、四人にしろ、これを拝むためにやってくる者が——」

「いるということであろうな」

「しかし……」

「博雅よ、どんなに上手に彫られたものであれ、その実体は木であるということにかわりはない。この像であれ、いったん人が菩薩と信じ、拝むのであれば、名人が彫ったものと、本質的には同じということぞ」

「それはそうだが——」

「いずれも、菩薩という呪のかかった木だ」

「む……」

「その呪の強さは、これを拝む者の心が決めることじゃ」

「しかし、これは始めから、ここにあったものではあるまい」

「おそらく、ここに安置されていた仏像は、この寺にいた住職が出てゆく時に持ち去ったか、あるいは、たれかに盗まれたか……それはあまりにあんまりであると思った誰かが、この木片の像をここへ置いたのであろうよ」

「それで、こういうものに御利益があるのか、晴明——」

「そこが、呪ということだな。見る者が、これは立派な菩薩であると言えば、これは立派な菩薩像になる。逆に、そうでないと思われたら、それが、どんな名人に彫られたものであれ、ただの木片と同じものになってしまう」

「それが、つまり——」

「呪というものの、妙なところであるということだな」

晴明は、涼しい顔で言った。

「で、これからどうするのだ、晴明よ」

「待てばよい」

「待つ？」

「すでに、おれたちがやってきたことはわかっていようから、ほどなく姿を現わすであろうよ」

晴明がそう言ってから、ひとつ、ふたつと息をする間もなく、本堂の奥、西の隅の暗がりに、ぼうっと人の姿が浮きあがった。

昨夜、庭に現われた、あの老婆であった。

「来てくだされましたか、晴明さま……」

弱よわしい声で、老婆は言った。

「どうぞ、このわたくしをお救いくだされませ……」

「その前に、ひとつ、ふたつ、確認をさせていただきたいのですが」

「どうぞ、なんなりと……」

「あなたが、人でないとは承知しておりますが、いったいどういう素性のお方なのですか——」

「わたくしは、実は、百二十年の歳を経た狢にござります」

「ほう」

「生きて、百年目にして人語を解するようになり、百十年目にはこのような変化の術も多少は操ることができるようになったのですが、三年前に、九十九年連れ添った夫を亡くし、それなら仏の元でみまかろうと、山から下りてこの寺の床下に棲むようになったものにございます」

「で、ここで、供えものを喰うて、これまで生きてきたと、そういうことでございますな――」

「はい」

「で、お身体がそのようになりはじめたのはいつ頃からでございましょう」

「ここへ棲むようになってから、ほどなくというころでございましょうか――」

「すると、二年から三年前……」

「はい」

老婆がうなずく。

「それは、ここの観音菩薩が、人の病を癒すという、そういう評判がたちはじめた頃――」

「その通りでございます」

「ということは、もう、あなたは御自身の病が、何に原因するものか、見当がついておいでなのですね」

「ええ。でも、この病をいかにして治すかは、わたくしの知るところではございませぬ」

老婆がそう言った時、ふたりの会話の中に入ってきたのは、博雅であった。

「何のことだ。病の原因というのは何であったのだ。おまえたちにはわかっているのかもしれないが、おれにはさっぱりだよ、晴明――」

「実はな、博雅よ。この寺の観音菩薩が、訪れる人の病を治しているように見えているのかもしれないが、その病を治していたのは、こちらのお方なのだ」

「こちらとは、この……狢の……」

「そうじゃ。身がわり観音といって、人々の病を御自身に乗り移らせて、病気を癒していたのは、実はこちらの狢どのなのさ」

「な、なんと⁉」

「供えものを食べていたということで、この観音菩薩像と、こちらの方との間に、呪の関係が結ばれてしまったということだな」

「なに⁉」

「身代りになって、参拝者たちの御病気を、その身に、みな受けていたのは、こちらのお方だったのだよ、博雅よ――」

「で、では、それで、このお方はこのような御病気に――」

「そういうことだ」

「しかし、それでは、病の理由がわかったというだけではないか。いったいどうしたら、この方の御病気が……」

「だから、今、それを思案しようとしていたところだったのさ、博雅よ」

「では、ど、どうすればよいのだ」

「そうさなあ、こちらの木の像に、本当に菩薩になってもらうというのが一番よかろうかと思うのだが、それには、畏(おそ)れ多いことながら、厭魅(えんみ)の法を使うしかないかもしれぬな――」

「え、厭魅?」

「うむ」

うなずいて、晴明は、老婆に視線を移し、

「では、狢どの、御本体を現わしていただきましょうか……」

そう言った。

すると、老婆が深々と頭を下げ、

「では、さっそくに――」

ふっ、
とその姿を消した。

ほどなく、表の入口から、一頭の、齢経(としへ)た巨大な狢が、よろばいながら入ってきた。

痩せていて、あちこちの毛が抜け、身体中に吹出物が浮いた狢であった。

狢は、晴明の前まで歩いてくると、そこに横倒しになった。

「では、狢どの、その毛を一本、いただきまするぞ」

晴明は、狢に右手を伸ばし、その背のあたりから一本の毛を抜いた。

「博雅よ、厨子の中から、観音菩薩の像をとって、ここまで持ってきてくれぬか」

「え、あの像を？」

「そうだ」

「わ、わかった」

博雅は、厨子に歩み寄り、手を伸ばし、菩薩像を手にしてもどってきた。

「そこへ置いてくれ」

言われるままに、博雅は、その像を、狢の横に置いた。

晴明は、右手に摘(つま)んでいた狢の体毛を、その木の菩薩像の上に置いた。

次に、右手を、狢の上にのせ、左手を握り、そこから人差し指を立てた。

その立てた指を唇にあて、小さく呪を唱えはじめた。

さらに、その途中で、右手を狢からはなし、菩薩像の上にのせる。

この間も、晴明は、呪を唱えるのをやめなかった。

ほどなく、晴明は呪を唱え終え、菩薩像の上から右手をはなした。

手の下から現われた像を見、

「晴明、こ、これは⁉」

博雅は声をあげた。

菩薩像のその身体の表面が、虫が喰ったように、全身ぼろぼろになっていたからである。

「どうじゃ、博雅よ。ここに本物の身がわり観音がお生まれになったぞ」

「なに⁉」

「それを、厨子の中にもどしてきてくれぬか、博雅よ」

「う、うむ」

博雅が、ぼろぼろになった菩薩像を、厨子の中に置いて、もどってきた。

「ありがとうござりました……」

足元で、そういう声がした。

見れば、いつの間にか、倒れていたはずの狢が立ちあがっていて、晴明と博雅を見あげている。

その狢の毛並が、さっきとはうってかわってきれいになっている。

抜けていた毛が生え、全身にあった吹出物も消えていた。

「おう、もとにもどられましたね」

晴明が言う。

「はい。これで、病は治りました。人々の祈り——つまり呪によって生じたものは、この世に置いておかれずに、あの世までもってゆくところでしたが、これで、あちらでもわが夫(つま)に会えましょう」

「それはよかった」

「病は治りましたものの、よる歳なみにて、いずれ、近いうちにはみまかりましょう。今のうちに、礼を言うておきまする。晴明さま、博雅さま、ありがとうござりました……」

そう言って、狢は、ゆらりゆらりと、その大きな痩せた身体を揺らしながら、本堂から外へ出ていったのである。

狢の姿が消えた後、

「幾つになっても、たとえ人でない生き物であれ、愛するお方と会う時には、おきれいな姿でお会いになりたいのだなあ……」

博雅は、しみじみとそうつぶやいた。

「ふふん……」

そう言った晴明の紅い唇が、微笑を浮かべている。

「おまえ、嬉しそうだな、晴明よ」

「もちろん、嬉しいに決まっているではないか、博雅よ」

「安心した」

「安心？」

「世間的には、どういう得にもならぬことではあるのかもしれぬが、おまえが嬉しそうにしているのを見るのは、おれも嬉しいのだよ、晴明――」

「では、もどって、一杯やりなおそうか」

「うむ」

そうして、晴明と博雅は、まだ、朝露に濡れた草を分けながら、外へ出ていったのであった。

ちび不動

ちび不動

一

博雅（ひろまさ）の吹く葉二（はふたつ）の音（ね）が、透明な秋の大気の中にほろほろと伸びてゆく。

土御門大路（つちみかどおおじ）にある、安倍晴明（あべのせいめい）の屋敷――

その簀子（すのこ）の上に座して、博雅は笛を吹いているのである。

博雅の膝先に、飲みかけの、酒の入った杯がひとつ。

晴明は、白い狩衣（かりぎぬ）を着て、背を柱の一本にあずけたまま、庭を眺めている。

晴明は、右膝を立てているのだが、その膝の上に、右肘が載（の）せられている。

飲みかけの酒の入った杯は、晴明の右手に持たれたまま、宙で止まっている。

博雅の笛の音が響いてきた時に、口に運ばれる途中で、杯がそこに止まってしまったのだ。

色づいた紅葉が、秋の陽光を受けて、きらきらと光っている。

風は、きりっと澄んでいる。

庭の叢の中で、秋の虫が、細く鳴いている。

叡山の頂に、昨夜、薄く雪が積もったのが見えていたのだが、陽を浴びた途端に、それも消えて見えなくなってしまった。

しかし、まだ、深い谷の樹や岩の陰には多少の雪は残っているであろう。

すでに、風の中には、ほのかに冬の気配が潜んでいる。

博雅の笛の音にも、秋の陽があたって、微光を放っているようであった。

博雅の意識は、笛の音となってほどけ、秋の光の中で遊んでいるようだ。

吹き終って、博雅は眼を閉じている。

己の裡に生じた、何かの余韻を味わっているようであった。

やがて、博雅は眼を開き、

「おう、晴明よ、どうしたことであろう……」

やや興奮した声で言った。

「どうした、博雅」

止まっていた晴明の右手が動いて、杯の酒をその赤い唇に含む。

「いや、今、確かにおれは、笛の音となって庭の宙に浮かび、あの光とたわむれていたのだよ。

おれの身体がきらきらと光って、おれが何を想っても、何を感じても、それがみんな、光となって、庭中に広がってゆくのだよ……」

うっとりとした眼で、博雅は天を見あげている。

その天に、白い雲が動いている。

「まさにそれは、光も、おまえも、呪(しゅ)であるということのあかしだな。笛の音という呪を解け合わす甘露が、そのふたつを結んだのだ。つまり……」

晴明がそこまで言った時、

「いうな、晴明」

博雅は、天から地上に視線をもどした。

「そこまでだ。おまえが呪の話をすると、急に何がなにやらわからなくなってきて、楽しいおれのこころもちが、どこかへ消え去ってしまうからな――」

「だが、博雅よ……」

「そこまで。そこまで、そこまで。そこまでじゃ晴明。おれは、呪のことなぞわからぬでよい。わからぬでも充分に幸せなのだからな――」

「わかった、やめよう」

あっさり晴明がうなずくと、

「なんだ、やめてしまうのか」

「おまえがそこまでだと言うたからな」

「しかし……」

「なんだ。続けよと言うのなら、その先を話してもよいのだが――」

「いや、結構だ。そこまでで充分じゃ」

博雅が、あわてて言った。

空になった晴明の杯に、蜜虫が酒を注ぐ。

その酒を、晴明が口に含む。

その時、ふいに、何か思い出したことでもあったのか、

「ところで晴明よ」

博雅が声をかけてきた。

「なんだ博雅」

「あの燃えるような紅葉の色を見て思い出したのだが、おまえ、近ごろ朱雀大路の辻に立って、不思議の術をなす行者どののことは耳にしているか――」

「多少のことならばな」

「ほう、知っているのか――」

博雅が、がっかりしたような声で言った。

「いやいや、多少のことさ。知っているのなら博雅よ、教えてくれ」

「ならば話をするが、その妙な行者どの、このところ、宮中でも評判になっている……」

そう前置きしてから、博雅は語り出したのであった。

二

その行者、歳の頃なら、五十前後であろうか。

半月ほど前から、朱雀大路のあちこちに立つようになった。

古そうな金剛杖(こんごうづえ)を左手に持ち、足元の地面にはぼろぼろの赤い布が敷いてある。その布の端には竹で編んだ笊(ざる)が置かれていて、その笊には、栗の実がぎっしり詰まった毬(いが)が幾つも入っている。

行者は、その栗を売っているのである。

口上がある。

「さてさて、この栗、今は普通の栗じゃがお求めいただければ焼いてしんぜよう。それもただの火ではない。ありがたい仏の火じゃ。これで焼かれた栗は、もはやただの栗ではなく、霊験あらたかなる栗じゃ。食すれば、一年、無病息災。さあさあ、ありがたき不動明王の栗なるぞ」

見やれば、笊の横に、ちょこんと五寸ほどの丈の、木彫りの不動明王が立っている。

「では、それをもらおうか」

買い求める者があると、栗の実のぎっしり入った毬を行者が手にとって、敷いた赤い布の中央に置く。

ここで、行者が口の中で何やら唱え、手にした金剛杖で、とん、と地面を突くと、不思議や、これまで動かずと見えた木彫の不動明王がふいに動く。

ちょこちょこと、毬栗のあるところまで歩いてゆくと、その前で立ち止まる。

背にはきちんと火炎を背負っており、右手には抜き身の三鈷剣、左手には悪を縛る縄である羂索を握っている。

左右、上下の歯を、上と下へ喰い違えているところまできちんと彫り込まれている。

「ノウマクサンマンダバザラダンセンダマカロシャダソワタヤウンタラタカンマン」

行者が不動明王の真言を唱えると、不動明王が、右手を動かして、三鈷剣の先で、栗を包んだ毬に触れた。

すると——

いきなり、ぼっ、と赤い炎をあげて、毬が燃えだした。

行者はなおも真言を唱えている。

ぽん、
ぽん、
と、栗の実のはじける音などもあがり、やがて、炎は消えた。

灰になったばかりの毬の上に、焼けた栗が四つ、転がっている。

不思議なことに、土の上に敷かれた布は、焼けていないばかりか、焦げ目もついていない。

見物人からは驚きの声があがる。

「さあ、どうぞこの栗をお持ちくだされ」

このように行者が言うと、

「我も」

「吾も」

と、次々と栗が売れてゆく。

あっという間に栗がなくなって——

「では、本日はこれまでじゃ」

行者がいずこかへ去ってゆく。

そして、翌日にはまた、朱雀大路に行者が栗を笊に盛って立っている——

そういう日が、半月ほども続いているというのである。

三

「なんとも不思議な話ではないか、晴明よ——」

博雅が言う。

「まあ、そういう話らしいな」

晴明は、杯の酒を干して、簀子の上に置いた。

「なんだ、やっぱり知っていたのか、晴明」

「多少のことならばと言うたはずだ」

「知っている話を、わざわざおれに言わせたのか」

「いや、やらねばならぬことがいくつかあってな。その行者どののこともそのひとつじゃ。で、その行者どののことをあらためて確認しておきたかったというわけなのだ——」

「何故だ」

「実は、その行者どのが、今日、ここに来られるからなのだ」

「なに!?」

「その話をしているうちに、どうやら行者どの、来られたらしいな。今、門のところで呑天（どんてん）と話をしているらしい」

「な……」

呑天というのは、晴明が使っている亀の式神（しきがみ）で、普段は庭の池に棲んでいる。

博雅が声をあげた時、庭に何かの気配があって、見ると、桔梗（ききょう）や女郎花（おみなえし）、秋の草を分けて、ずんぐりとした背を丸めて、ほとんど這うようにして呑天がやってくるところであった。

頭にちょこんと烏帽子（えぼし）を被り、黒い狩衣を着ている。

その後ろから、手に金剛杖を持ち、歩いてくる、白い衣（きぬ）を着た行者姿の男がいた。

この男が、件の行者どのであるらしい。

行者を案内してくると、

「これにて……」

そう言って、呑天は池の方へ姿を消した。

庭に立った行者姿の男は、顔中に髭が生えていて、見た眼はおそろしそうだが、その眼に気の弱そうなところがあって、犬に吠えられても、脅えて動けなくなってしまいそうであった。

「弁海と申します」

件の行者は、そう名のった。

「おまちしておりましたよ。昨夜、文をいただきましたのでね」

晴明は言った。

「あのような文でよかったのでしょうか」

「はい。不動明王を、烏にとられてしまったのですね」

「その通りです」

行者——弁海は言った。

四

三日前——

四条の辻に近いところで、弁海はいつものように、栗を売っていたのだという。

いつものように、木彫の不動明王が動き出して、栗を焼き、その栗を客が持ちかえった後、急に、ばさばさと鳥の羽音がして、空から鳥が舞い降りてきて、その足で不動明王を摑み、飛び去ってしまった。

「こら、返せ。何をするか――」

叫んでみてもだめであった。

走って追ったのだが、追いつけるわけもなく、不動明王を足に摑んだ鳥は、南の空へ見えなくなってしまったのだという。

その晩、おそろしいことがおこった。

西の京の破れ寺(やでら)が、弁海の寝ぐらであった。

早朝に起きて山に入り、栗を拾って、都の大路で売るというのが、このところの弁海の勤めであった。

しかし、木彫りの不動明王がいないのに、はたして栗だけを買ってくれる者などいるであろうか。

いずれにしても、明日は早く起きねばならないから、日没と共に寝た。

すると、夜半に眼を覚ました。

身体が重く、何者かに踏まれているようで、あちこちが痛い。

「起きよ、起きよ、弁海——」

そういう声が聴こえる。

眼を覚ますと、行者のなりをしたものが傍に立っていて、弁海を踏みつけているのである。

人？

人のようであるが、人ではなかった。

二本足で立ってはいるが、その足は、人のものではなく、鳥の足であった。

頭には、烏帽子をかぶっているが、その顔は鳥である。

背には笈を負っているが、その笈の下から黒い翼が生えているのがわかる。

手に金剛杖を持ち、鳥の足に履いた、一本歯の下駄で、弁海の肩と言わず、胸と言わず、腹や腰までを踏みつけてくるのである。

「起きたか、弁海よ。この罰あたりめ」

どん、
と、胸を踏んでくる。

「御不動さまを、あのようなことに使いおって——」

どん、
と腹を踏んでくる。

痛い。

息をしていられない。

「どうぞ、お許しを――」

「ならぬ」

どん、

どん、

と、また踏まれる。

そういうことが、また、翌日の晩もあったというのである。

それで、ついに晴明に、救いを求める文を書いたのである。

五

「ということは、昨夜も?」

晴明が問えば、

「はい」

弁海がうなずく。

「その、お心あたりは?」

「心あたり」

「そういうことをされる覚えがあるかどうかということです」

「さあ、それは……」

「あるのですか」

「い、いいえ。ですから、それは……」

弁海の歯切れが悪い。

「言いたくないことなのですね」

「ええ、まあ、いいえ。それが……」

「きちんと話をしていただかないことには、なんとかなることでも、どうにもできませんよ」

「は、はい」

殊勝にうなずきはするものの、隠していることについて、答えるわけでもない。

「言いたくなければ、言わぬでかまいません。多少、思うところもありますのでね」

「思うところ?」

そう訊いたのは、博雅である。

「別件でお話をいただいていることと、何か関係があるやもしれません」

「別件?」

「ひとまずは、出かけましょうか」

晴明が立ちあがる。

「おい、晴明よ、出かけるって、どこへだ」

「ですから、鳥が飛び去った方角——南へですよ」

「な、なに⁉」

「これには、もちろん、弁海どのにも御同道いただきますよ」

「わたしもですか？」

庭に立っていた弁海が、びっくりしたような声をあげる。

「もちろんです」

晴明は、博雅を見やり、

「いかがですか」

そう言った。

「お、おれもか」

「はい。一緒にゆかれますするか、博雅さま」

「う、うむ」

博雅が立ちあがる。

「では、まいりましょう」

「では、ゆこうか」

「ゆきましょう」

そういうことになったのであった。

六

朱雀大路を、車にも乗らずにゆるゆると歩いてゆく。

南へ向かっている。

晴明、博雅、弁海の三人である。

四条大路を過ぎ、五条大路を過ぎ、六条大路、七条大路を過ぎて、向こうに東寺の五重塔が見えてきたあたりから、弁海が、そわそわと落ちつきをなくしはじめた。

「いったい、どちらまでゆかれるのです？」

弁海が訊く。

「件の鳥が逃げたあたりまでですよ」

晴明が言う。

「わかるのですか」

「わからないから、歩いているのです」

晴明が涼しい顔で言う。

やがて、晴明が足を止めた。

「おい、晴明よ、ここは東寺の西門ではないか——」

博雅は、高い門を見あげながら言った。

「そのくらいはわかる」

晴明は、笑いながら答えて、その門をくぐってゆく。

「こ、こちらでございますか」

弁海が、おどおどとした顔で晴明を見た。

「そうですよ」

「ここに、あ、あの鳥が……？」

「さて、これからそれを確かめねばなりません」

晴明は、あたりを見回して、

「もうし」

講堂の方から歩いてきた僧に声をかけた。

若い僧がふり向く。

「もし、元真（げんしん）和尚がおられたら、土御門大路の晴明が来たと、お伝えしていただけますか——」

「はい、聞いております。今日か明日にも、安倍晴明さまがおいでになると思うので、来られたら、くれぐれも粗相のないようにして、自分のところまでお連れ申しあげよと——」

そうして、三人は、元真の居る庫裏（くり）まで通されたのであった。

七

晴明が、博雅を紹介すると、

「存じあげております。宮中での御修法のおりなどに、何度かお顔を拝見したことがござります」

にこやかな皺を目元に浮かべ、元真は嬉しそうにうなずいた。

「こちらは、弁海どの――」

晴明は、その名を告げただけで、弁海がどういう人物か、どうして自分たちと共にここまでやってきたのかということを、一切説明しなかった。

また逆に、博雅と弁海にも、自分と元真が、どういう関係であるのかということを、説明しなかった。

ただ、次のように、元真に問うた。

「この三日間ほど、鳥につきまとわれているとのこと、文をいただきましたが、あれはどうなりましたか？」

このように訊ねた。

「まだ続いております。そんなわけで、できるだけ外には出ず、この庫裏の中で過ごしております」

このように言った。

「鳥に？」

そう問うたのは博雅である。

「ええ」

元真はうなずき、自ら、その現象のことを語り始めたのである。

この数日、一羽の鳥につきまとわれているのだという。

「どうやら、講堂の屋根のどこかに棲みついた鳥らしいのですが……」

講堂というのは、すでに亡くなられた、東寺の主（あるじ）であった、空海和尚の曼荼羅（まんだら）がある場所である。

通常、曼荼羅というものは、大日如来を中心として、絵に描かれるべきものである。

この宇宙の根元的存在である大日如来を中心におき、人の心の働きや宇宙のなりたちを図として表現したものだ。

空海は、この講堂において、実際の仏像を、巨大なひとつの空間の中に置いて並べ、玄妙なる曼荼羅世界を描こうとしたのである。

「唐、天竺（てんじく）も含めて、それまでこのようなことを試みた方はござりませぬ」

真言密教の創造者である、空海の独想であると言っていい。

元真の勤めというのは、毎朝、毎夕、日に二度、この講堂で『理趣経（りしゅきょう）』を唱えることである。

『理趣経』という経典も、空海が、唐の国からこの日本国にもたらしたものであり、空海存命当時は、空海から伝法灌頂（でんぽうかんじょう）を受けた者でなければ、読むことのできぬものであった。

ところが、この三日間というもの、講堂の出入りのおり、屋根の上から鳥が飛んできて、元真の頭や肩にとまったり、嘴で、身体を突いてくるのだという。

講堂の出入りのみではなく、建物の外に出ると、この鳥が襲ってくるのである。

外出ができなくなった。

僧であるため、この鳥を捕えて殺すわけにもいかない。

そんなわけで、

「なんとかならぬものかと、晴明どのに、今朝がた、文を送ったのでござります」

と、元真は言うのである。

「なるほど。そういうことであれば、ここで話をしていても、らちがあきませんね」

晴明が言った。

「と言いますと?」

「講堂へまいりましょう」

その眼で博雅をうながし、晴明は立ちあがっていた。

八

四人が外へ出ると、はたして、講堂の屋根から一羽の鳥が舞いあがった。

それが、四人の眼に映った。

怯(おび)えたのは、元真ではなく、弁海であった。

「あ、あれに烏が……」

弁海が、晴明の背後に身を隠そうとする。

しかし、高いところを舞う烏の眼からは、身を隠せるものではない。

烏が、舞い降りてきた。

しかし、その烏が襲いかかったのは、元真ではなく、弁海であった。

「あれ、お助けを、晴明さま」

弁海が、晴明によりそうようにして、袖をつかんだり、袂(たもと)を摑んだりして身を隠すようにしていると、さすがに烏も襲いきれない。

なんとか、講堂の扉を開けて、中へ入って、扉を閉める。

中は、薄暗く、南側の壁の上部にある格子窓からの明りが、黄金色に輝く大日如来を照らしている。

その四方に、持国天、増長天、広目天、多聞天の、東西南北を守る尊神が立ち、象に乗った帝釈天、水牛に乗った大威徳明王、火炎を背負った不動明王の姿もある。

いずれの仏も、今にも動き出しそうであった。

講堂の中へ入った弁海は、膝を突いて、がたがたと震えている。

「どうしました？」

晴明が声をかけると、

「わっ」

と声をあげて、

「お許しくださいまし。どうぞお助け下さい。みんなお話し申しあげますので、何とぞ、何とぞ……」

弁海は両手をつき、額を床にこすりつけたのであった。

九

こういうことであった。

弁海、もともとは、丹波の生まれで、食いぶちを減らすために、六歳の時に寺へ入れられた。

手先が器用であったので、仏師となり仏像などを彫っていたのだが、酒が好きであった。

酒がたたって寺にいられなくなり、つてをたよりに丹波、播磨、南都の寺を転々としていたのだが、寺に入るのが面倒になって、行者姿となり、天気のことや、男女のことなどを占い、失せ物や捜しものなどを当てたりして、米や衣、銭をもらって生きてきた。この夏に京へやってきて、思いついたのが、このたびのことであった。

それが、すなわち不動尊を彫り、それを操って、稼ぐことであった。

そこで、弁海は、東寺の講堂の中に忍び込んで、不動明王の尻あたりの木を鑿で彫りとって、その木片で、小さな不動尊を彫ったのである。

そもそものことで言えば、東寺の講堂に安置されている不動尊、ただの不動尊ではない。空海、すなわち弘法大師が手ずから彫ったものであり、我が日本国最初の不動尊と言ってもいい。

本朝にあるどの不動尊よりも、霊力が強い。

はたして、その木で彫った不動尊——不動明王は、動くことができた。

弁海が不動明王の真言を唱えると、動いて火炎まで発する。

それで、栗を焼いてみせて売ったら、飛ぶように売れてゆく。

夢に声が聴こえて、ばちあたりなことはやめろといわれることもあったが、気にしなかった。

それよりも、売れることに味をしめて、この後は、不動に占いをさせたり、芸をさせたりして、もっと銭を稼ごうとしていた矢先、

「烏に、件の不動を盗まれて、このようなことになったる次第にござります」

と、弁海は、半泣きの顔で、そう言ったのである。

そこで、元真が、不動明王の後ろへまわってみると、果たして、その尻というか、右腰のあたりに、鑿の如きもので削りとられた跡があった。

弁海の言ったことは、本当のことであったのだ。

「では、あの、烏は？」

博雅がそう訊ねた時——

こつん、
こつん、
と、講堂の扉を外から叩くものがあった。

「はて――」

と、元真が扉を開くと、そこに一羽の烏がいて、その嘴で、扉を叩いていたのである。

「おう、あの烏ではないか」

その烏は、入口でもじもじと身体を動かしたり、身をよじったりしながら、訴えるような眼で、晴明を見あげている。

それを見ていた晴明、

「ははあ、なるほど、そういうことだったのですね」

微笑すると、印を結び、何やらの呪を唱え、その指先で、烏の頭に触れた。

不思議なことに、烏は逃げもせず、その身体が晴明の指に触れられるのにまかせていた。

「さあ、これで、この中に入って来られますよ――」

晴明が言うと、烏は二本の足で跳びはねながら、講堂の中に入ってきた。

と――

烏の身体はだんだん大きくなって、人の姿となった。

人の姿で二本足で立っているものの、その顔は烏であった。

腕や手は人のそれであったが、脚や足は、烏のものであり、その足には一本歯の下駄を履いていた。

笈を負った背からは、黒い羽根がはえていた。

烏天狗であった。

「晴明さまの、お心遣い、ありがたく存じます……」

烏天狗は、晴明にむかって、うやうやしく頭を下げた。

十

わたしは、もともと、この講堂の軒下に棲む烏でありました。

しかし、毎日毎日、ここで元真さまの経を聞いているうちに、ありがたい心がめばえ、いつか人語を解するようになって、今ではかような姿となる変化（へんげ）の術も使えるようになっておりました。

ところが、ふた月ほど前のことでございましょうか。

そこの男が、この講堂に忍び込んで、大事な不動明王の尻のあたりから、木片を削りとっていったではありませんか。

いったい何者かと捜しておりましたら、西の京の破れ寺に住む、弁海というそこにいる行者で、なんと、盗んでいった木片で、不動明王の像を彫っているではありませんか。

どうするつもりかと、日々、眺めておりますと、できあがった像を使って、すでに皆さま御承知のように、銭や米を稼ぎ、あげくの果てには、その作った不動を見せものにしようとしていたのです。

これはならぬと思い、御恩をかえすのは今しかないと考え、そこな男の夢に現われて、色々いさめたりしたのですが、あらためる気配がありません。

それで、空よりねらって、不動像をとりもどしたのです。

とりもどしてからも、夢に現われて、何度かこらしめたのですが、気持ちはおさまりません。しかし、問題は、とりもどした像の方でござります。とりもどしはしたものの、いったいどうやって、この像を、もとの不動尊にもどしたらよいのでしょう。

にわか覚えの術しか使えず、元真さまに近づこうとすれば、鳥の姿にもどってしまいます。徳の高き人の前では、とても、化生(けしょう)の姿ではいられず、鳥の姿となってしまっては、人の言葉を発することができません。

もどかしさのあまり、心ならずも元真さまには不安な思いをさせてしまい、もうしわけござりませんでした。

今は、晴明さまにお助けいただき、この講堂の中に入りましても、この姿でいられるようにしていただきました。それ故に、このように人の言葉で語ることができるのです。

おお——

件の、弁海が彫った不動尊のあり場所ですか。

それは、そこの、南側の窓の格子の間にはさんであります。

なんとか、これまでそのことをお知らせしようとしたのですが、人の言葉を使うことができず、ままなりませんでした。本日、こうしてお話し申しあげることができて、嬉しく思います。

晴明さまには、まことに感謝にたえません。

今後は、何かありましたら、いつでもわたくしをお呼び下さいませ。

できる限り、お力になれるよう、お手伝いさせていただきます。

十一

夜——

晴明と博雅は、簀子の上で酒を飲んでいる。

ふたりの間に座して、酌をしているのは蜜虫と蜜夜(みつよ)である。

晴明と博雅の間の簀子の上に、ちょこんと置かれているのは、件の小さな木彫りの不動尊であった。

「しかし、晴明よ。結局、おまえ、これをもろうてきてしまったということか——」

博雅が、あきれた顔で言う。

「なにしろ、削ってしまったので、今さら、元の不動明王の身体にはもどせぬからな」

「そちらの方は、弁海が、別の木をもって、あらたに修理するということで解決したことはしたのだが……」

「まあ、よいではないか。弁海が持つわけにもゆかず、東寺の方でも、あらたにどこに安置するかあれこれ手をわずらわすよりも、ここにある方が、おさまりがよい」

「う、うむ」

「なにしろ、おれが言い出したことではない。元真和尚が自ら、そのように言うて下さったのだ。これは、お受けせねばならぬであろうよ――」

「うむ」

「それよりも博雅よ、笛はどうじゃ」

満月を見あげながら、晴明が言う。

「わかった」

うなずいて、博雅は懐から葉二を取り出し、唇にあてた。

月光の中に、笛の音がすべり出てゆく。

満月まで届きそうな、澄んだ音であった。

と――

ことり、

ことり、

と、音がする。

見れば、ふたりの間に置かれていた不動尊が、軒から注いでくる月光の中で、手足を動かしながら、博雅の笛の音に合わせて踊っているのである。

晴明が、そのように命じたわけでも、術を使ったわけでもない。

博雅の笛の音に誘われて、自然(じねん)のうちに踊り出したようであった。

踊っている不動尊の顔は、楽しそうであった。

媚珠（びしゅ）

一

一筆(ひとふで)の白全(はくぜん)は、妻が自慢だった。

器量(きりょう)も気立(きだ)てもいい。

家のことはきちんとやってくれるし、大原にある寺に、仕事で絵を描きに出かけて、十日ほど留守にしても、帰ってきた時には、居た時以上に家の中がよくかたづき、綺麗になっている。

家は、五条の、朱雀大路(すざくおおじ)より少し西に行ったところにあった。

白全、もともとは上京のある寺の絵仏師だったのだが、女のことでしくじって、寺を出ることになってしまった。住むところがなかったので、五条に壊れかけた空き家を見つけ、そこに勝手に住むようになったのだ。

腕はよかったから、昔の知り合いをたよりに、あちこちの寺や屋敷で絵を描くという仕事にはなんとかありつけたので、その合い間に家のあちこちを修理しているうちに、雨漏(あまも)りもしなくなり、なんとなく家がましいものになって、垣なども作り、井戸も掘ったりしたのである。

歳は三十八。

絵は、筆一本、墨一色で描く。

想が決まれば、手は早い。

筆に墨を含ませて、ひと息に描く。

それで、一筆の白全と呼ばれるようになったのである。

妻の、しらをとは、一年半ほど前に知りあった。

嵯峨野(さがの)の奥にある泉龍寺(せんりゅうじ)にいる昔なじみの僧から、絵を頼まれたのだ。

華厳経を収めるための箱を作ったのだが、その面(おもて)に毘盧遮那仏(びるしゃなぶつ)の絵を描いて欲しいというのである。

さっそく出かけてゆき、二泊三日——中の一日でその絵をしあげて、三日目の昼に寺を辞した。

その帰り——

里へ下る途中の山道で、女に出会ったのである。

歳は二十ばかりで、旅装束であった。

山越えして丹波から京へ上る途中だという。

足に怪我をしていた。

女は、

「狼に襲われました」

という。

一里ほども、狼にずっと後を尾行けられて、いよいよ里へ下りるというこの場所で、狼に襲われて、右足に嚙みつかれた。

杖で必死で叩いても逃げない。

このまま狼に食われてしまうかと思っていたところ、ふいに狼が逃げ出した。やれ、助かったと思っているところへ、

「あなたさまがいらしたのでござります」

と、女は言った。

おそらく、自分の気配を察して、狼は逃げ出したのであろうと白全は思った。

「名は？」

と問えば、

「しらを」

と答える。

なんとか歩けそうであったので、手を取って、一緒に里まで下ることにした。

しかし、このようなところを、どうして女がひとり、旅をせねばならないのか。

道々に訊ねれば、しらをは、母娘で、丹波のさる屋敷に仕えていたのだが、主が零落して、人を雇っていられなくなり、使用人たちもばらばらになってそれぞれ里へ帰ることになったのだという。

父は、しらをが子供の頃にはかなくなって、母は母で、丹波を出る直前に、病で亡くなってしまった。

ひとりにはなってしまったが、西の京に、遠い親戚がいるので、そこをたよろうとして、丹波から京までゆく途中なのだという。

しかし、女ひとり、よくも無事でここまで来られたものだ。

京まで出て、しらをを、親戚の家があるというあたりまで送っていったところ、その屋敷があるはずのところは、崩れた土塀があるばかりで、建物はもう柱すらない。

途方に暮れている女に、

「よかったら、わたしのところへ来ないかね――」

そう声をかけた。

そして、そのまま、女――しらをは白全のところへ居ついてしまったというわけなのであった。

二

このしらをのことが、なんだか恐くなったのは、いつからだろうか。

ふたりで暮らすようになって、半年くらいたった頃であったような気がする。

口を吸った時に、やけに生臭い時があったのだ。

饐(す)えたような血の臭(にお)いのようなもの。

しかし、我慢できぬというものでもなく、何よりも、しらをのことが好きであったので、そのままにした。

その翌日には、もう、臭わなくなっていたからである。

しかし、それから、ひと月に一度くらいはそういうことがあって、やがてそれが半月に一度、十日に一度になって、これはなんともおかしいと思うようになったのである。それが、暮らしはじめて一年後、つまり、半年ほど前ということになる。

口の血の臭いが、なんとも生なましく、しかも獣臭いのだ。

それが、なかなか消えない。

その程度がはなはだしいのは、どこかへ出かけて帰ってきた時だ。

さすがに気になって、

「しらをや、どうか気にしないでほしいのだが、この頃、なんだかおまえの口が血なま臭いようなのだが……」

　このように訊ねた。

「まあ、何をおっしゃるの。人の口は、誰でもみんな臭うもので、女だからといって、臭わない者がいるわけではないのよ。それに、これまでわたしも我慢していたのだけれど、あなたのお口だって、実はなかなか臭っているのよ――」

　そう言われてしまえば、

「いや、そうだったのかい。それは済まなかったねえ」

　謝るしかない。

　それが、半年前、あることが起こったのだった。

　家の簀子(すのこ)の上に座して、ふたりで話をしていた時、急に、しらをが、鼻をぴくぴくさせはじめたのである。

「ああ、いる、いるねえ……」

　そんなことをつぶやいている。

「いるよ、いるよ……」

　しらをの鼻の穴が、大きく膨らんだり閉じたりしているのである。

「ああ、困った。困った。我慢できないよ……」

　その身体が、小刻みに震えているのである。

「しらをや、どうしたのだね。いったい何が我慢できないのだね」

白全が言うと、

「これだよ！」

いきなり、しらをがぴょんと飛びあがり、庭に跳び降りて、走り出したのである。

しかも、その走る姿と言えば、獣のような四つん這いであった。

庭の繁みの中に、頭から突っ込んでいった。

その繁みから顔をあげた時、なんと、しらをの口には、生きた地鼠が咥（くわ）えられていたのである。

地鼠は、しらをに咥えられて、あばれていた。

そして、しらをは、ばりばりとその鼠を噛んで、食ってしまったのだった。

「すみません、はしたない姿をお見せしてしまいました」

しらをは、もどってくると、恐縮したように頭を下げた。

「今のはいったい、何が起こったのだね。どういうことなのだね」

白全が問うても、

「申しわけありません。時々、このようになってしまうのです」

しらをはそのように言うばかりである。

後はどういう変りもない。

これまでと同じだ。

それで、いったんはもとのように暮らしはじめたのだが、それから、同様のことがさらに三度あって、ついに、白全は、家をとび出してしまったのである。

三

朱雀門で、日が暮れてきた。

柱の一本に背をあずけ、白全は地に尻を落として途方に暮れていた。

落ちかけた西陽が、白全に当っている。

家を出てから三日目——

水以外、ほとんど何も口に入れていない。

どうしてよいのかわからない。

しらをのことは愛しかったが、同時におそろしかった。

あれは人ではない。

そう思っている。

化物だ。

化物が、自分を憑(と)り殺そうとして、狼に襲われたなどと言って、自分に近づいてきたのだろう。

こわい。

今日の夜も、どこでどうやって過ごしたらよいのか。暗くなると、しらをが自分を捜してやって来そうな気がする。このふた晩は、だからほとんど眠っていないのだ。

昼の間、わずかにうとうととまどろんだだけである。

もう、人通りはほとんどない。

眼の前には、朱雀大路が南へ伸びている。

牛車が、一台、二台、のろのろと動いているのが遠く見えるだけだ。

小さく頭を振って、眼を閉じて溜め息をつく。

と——

「おこまりのようじゃな」

声がした。

眼を開けると、すぐ眼の前に、ひとりの老人が立っていた。

黒いぼろぼろの水干(すいかん)を着ている。

髪は白く、それがぼうぼうと四方へ蓬(よもぎ)のように伸びていた。その白髪の一部を、頭の後ろで、紐で結わえている。

顔中が皺(しわ)だらけで、その皺の中に、丸い、黄色い眼があった。

「おこまりであろう」

老人は言った。

言った時、口の中に、黄色い歯が見えた。

「何故わかる?」

白全が言うと、

「たれが見てもわかる」

老人は言った。

「そうだよ、確かに、わたしはこまっている——」

白全がうなずく。

すると、老人は、

「さもあろう、さもあろう……」

嬉しそうに、にんまりと笑った。

「ならば、このおれが、相談に乗ってやろうではないか——」

「相談?」

「このおれが、おまえを助けてしんぜよう」

「できるのか」

「できる」

「話も聞かずにか?」

「聞かずともわかる。憑きものじゃな。おまえさん、何やらよからぬものに憑かれておるな。顔の相にそう出ておる。身体中から憑きものの臭いがぷんぷんじゃ。憑きものなれば、この道満の仕事じゃ」

「道満？　こなたの名か？」

「蘆屋道満じゃ。このおれに、できぬことはない」

「わたしを助けてくれると？」

「うむ」

「礼をするものがない……」

「なあに、これほどの瓶子に、酒を一杯もらえればそれでよい。どうじゃ……」

それほどの酒ならば、ひと仕事した後なら、充分、なんとかできる。

「では、頼む。わたしはもう、自分ではどうしてよいのかわからぬのだ」

白全は、くたびれた声でそう言った。

四

まだ、陽の明りが西の空に残っている頃、白全と道満は、家に着いていた。

ふたりの気配を察したのか、しらをは白全が声をかける前に、家の中から出てきた。

「お待ちしておりましたよ」

しらをは、白全に向かってそう言った。

しかし、すぐにその後ろにいる道満に気がついて、

「あなた、こちらのお方は？」

そう訊ねたしらをの顔が、みるみるうちに表情を変えて、

「ただの人ではありませんね。まさか、あなた、この人はわたしを……」

言っているうちに、左右のその眼の端が吊りあがってゆく。

「やはり、人ではないな」

道満が言うと、しらをは背を向けて逃げようとした。

道満は、懐へ右手を入れて、一枚の紙片を取り出した。

それへ、ふっ、と息を吹きかけると、紙片は宙を飛んで、しらをの背に張りついた。

その途端に、しらをは動けなくなって、その場に倒れ込んでしまった。

その紙片には、白全には読めぬ、異国の呪のような文字が記されている。

道満は、倒れたしらをを見下ろし、

「ほう、なるほど、なるほど……」

何やらうなずいている。

「百年か、百五十年も生きたか。それで、変化の術を覚え、人語も解するようになったかよ
……」

五

すでに、西の空に残っていた明りは全て消え、空には、大きな満月がかかっていた。

しらをは、後ろ手に縄で縛られ、その縄の端は、背後の楓(かえで)の木に結ばれていた。

しらをは、土の上に横座りになって、さっきから、眼の前の地面の一点を睨んでいる。

その口からは、

「ああ、食べたい。食べたい――」

そういう声が洩れ、口の両端からは、涎(よだれ)が糸を引いて垂れている。

その姿を、道満と白全が、並んで眺めている。

しらをが見つめている地面の中には、深さが一尺ほどの、壺が埋められていた。

口の大きさは、約二寸ほどだ。

その口が、地面とすれすれになるように、壺は埋められている。

「ああ、ひもじや、ひもじや、どうして喰わせてくれぬのじゃ……」

うらめしそうな眼で、しらをは、道満と白全を見あげる。

身をかがめて、鼻を壺の口にこすりつける。

口をつけて、舌を壺の中に差し込む。

身をよじる。

「ああ、食べたい、食べたい……」

壺の中には、地鼠の屍骸が入っている。

捕ってきたばかりで、まだ、血も固まっていない屍骸である。

しらをは、それを食べたいと言っているのである。

「ああ、もどかしや」

言っているしらをの顔が変化してきた。

鼻が、だんだんと黒くなって、前へせり出してくるのである。歯が尖って、牙が唇の間から伸びてくるのである。

眼が吊りあがって、額や頬に、ふつふつと何かが伸びてくるのである。

獣の体毛であった。

それが、満月の明りの中に見えている。

「これは⁉」

「齢経(としへ)た狐よ」

道満が言う。

しらをの首が、完全な狐となっていた。

狐と化したしらをが、顔を伏せて、舌で壺の縁をべろべろと舐める。

涎が落ちる。

尖った鼻面を、壺の中に差し込んで、舌を伸ばす。
それでも、鼠の屍骸には届かない。
歯が、かつん、かつんと壺の縁にあたる。
そのうちに——
かあっ、
と、しらをが、口の中から何かを吐き出した。
径が一寸ほどの、青く光る珠（たま）であった。
唾液（だえき）にまみれたその珠が、ころん、と壺の中に落ちる。
「今のは⁉」
白全が問う。
「媚珠（びしゅ）というものじゃ。百年、齢経た狐の口中に宿る珠よ」
道満は、しらをに歩みより、その手を縛っていた縄を解き、
「どこへなりと、ゆくがよい」
そう言った。
しらをは、大きく、ぴょんと後ろへ跳びすさったが、逃げずにそこにとどまった。
道満は、悠々と壺を掘り出し、中から青い珠と鼠の屍骸を取り出した。
まず、鼠の屍骸を、しらをの方へ投げてやる。

しらをは、それを宙で咥え、がつがつと貪るように食べはじめた。

「これは、よい珠じゃ」

道満は、媚珠を右手の人差し指と親指でつまみ、月光にかざしてしげしげと見つめた。

「これほどみごとなものは、めったに手には入らぬ……」

「それは、どのようなもので……」

「この珠を水につけてひと晩おけば、よき酒にかわる。その酒をたれかに飲ませれば、それが男であろうが、女であろうが、皆が皆、女が欲しゅうてたまらなくなり、男が欲しゅうてたまらなくなる。唐の皇帝も欲しがったという、ま、惚れ薬じゃな……」

道満は、しらをの方を見やった。

そこに、今はまた人の女の姿にもどったしらをが、土の上に座している。

「逃げなんだのか?」

道満が問えば、

「なんで、逃げますものか――」

しらをはそう言った。

「なんで、おまえは、わたしを騙(だま)したのだね。わたしに近づいて、わたしを憑り殺そうとでもしたのかね」

「いいえ、いいえ」

しらをは、首を左右に振った。

「騙したのは、わたくしが狐であることを黙っていたことだけでございます。あの日、狼に襲われたことも、西の京にわたくしの身内が棲んでいたというのも、皆本当のことにございます――」

「では、何故、わたしのもとに残ったのだね」

「あなたさまのお優しさに触れて、あなたさまのことを好きになってしまったからでございます。あなたさまと一緒に暮らしたこの日々は、百三十年生きたこのわたくしの生涯で、もっとも幸せな時期でございました。このまま、人の姿で、あなたさまと添いとげようとも思っていたのでございますが、押さえきれなかったのが、狐としての本然にございます。時おり、生の鼠の肉を、食べとうて食べとうて、どうしようもなくなるのでございます。そういう時は、あなたさまに隠れて、こっそり食べていたのでございますが、半年前には、つい我慢しきれずに、あさましきところを見られてしまいました……」

「そうだったね」

「正体が明らかになったからは、もう一緒にはいられませんが、逃げなかったのは、逃げなかったのは……」

しらをが声をつまらせた。

「あなたさまに、ひと言申しあげておかねばならぬことがあったからでございます」

言いながら、しらをは、その眼からはらはらと涙をこぼした。

「なんだね？」

「わたくしのお腹の中に、あなたさまとわたくしの子が……」

「ああ、なんと……」

白全が、しらをに駆け寄って、その手を取った。

「ほんとうに、ほんとうに？」

「はい……」

しらをがうなずく。

そこへ——

「おい——」

道満が声をかけた。

「おれは、これで去ぬる……」

道満は、右手で、媚珠をもてあそんでいる。

「酒は、もういらぬ。あとはぬしらの好きにせよ」

「道満さま……」

「そのかわりに、これは、おれがもろうておく——」

そう言って、道満はふたりに背を向け、月光の中を歩き出した。

何か、ふたりから声をかけられたが、道満はふり向かない。

満月の五条大路を、自分の影を踏みながら、道満は朱雀大路の方へ向かって歩いてゆく。

青く光る媚珠を懐に入れ、

「酒は、晴明のところで馳走になるか……」

ぽつりとつぶやいた。

梅道人（むめどうじん）

一

梅が、ほころびかけている。

数日前まで、石のように固かった蕾が割れて、それまで中に閉じ込められていた甘い香が、大気の中に溶け出している。

この三日ほど、よく晴れてあたたかい日が続いたからだが、すでにひと枝に何輪かは、花びらを開いているものもある。

晴明の屋敷の庭に咲く白梅である。

春の陽ざしの中で、花びらのみならず、梅の薫りまでもが光っているようであった。

晴明と博雅は、簀子の上に座し、向かいあって酒を飲んでいる。

風は、まだ冷たい。

ふたりの傍(かたわら)には、火桶(ひおけ)が置かれていて、指先が冷たくなると、炭火の上に手をかざし、あたたまった指で杯を持ちあげ、酒を飲む。

酒の匂いに梅の香が重なって、酒と共に梅の香までが血の中に溶け込んで、それが身体をあたためてくるのである。

共に口数は少ない。

言葉にせずとも、同じところで共に酒を飲んでいるだけで、互いに通じあうものが、このふたりにはあるらしい。

庭の梅を眺めながら、杯を置いた博雅が、

「決めたよ、晴明——」

ふいにそうつぶやいた。

声に出しはしたものの、それは独り言のようでもあり、視線はまだ庭の梅に残っている。

唇に運ぶ途中であった杯をいったん止めて、晴明は博雅を見やり、

「何を決めたのだ、博雅よ」

そう訊ねた。

「あ……」

と、博雅は小さく口を開け、

「いや、晴明よ、おれは今、何か口にしたか――」

とまどったような表情を眼に浮かべ、逆に訊ねた。

「した」

「何と口にしたのだ」

「決めたよ、晴明――と、そう聞こえたな」

博雅は、困ったようにいったん唇の動きを止めていたのだが、やがて、あきらめたように口を開いた。

「そうか、口にしてしまったか」

「何を決めたのだ」

「言わぬ」

「そうか、言わぬか――」

晴明は、止めていた杯を口に運びなおし、

「ならば、それでよい」

酒を干した。

「なんだ、訊いて来ぬのか」

「おまえがいやがっているというのに、無理に言わせるものでもあるまい」

「いや、それはそれでよいのだが……」

「不満そうだな」

「いつもなら、晴明よ、おまえは必ず、よいではないか、いったん言いかけたことは最後まで口にせよと、さらに言うてくるところだ。そこをあっさりと引きさがられてしまうと、こちらも拍子抜けしてしまうではないか――」

「言いたくなってきたというわけだな」

「いいや、そういうわけではない」

「ふうん……」

晴明は、簀子の上に置いてあった瓶子（へいし）を手にとって、

「どうじゃ、博雅」

博雅に向かってそれを差し出した。

「お、おう……」

博雅は、晴明が差し出してきた瓶子から、手にした杯に酒を受けた。

「言うてもよいのだぞ」

晴明の言葉に、博雅は無言で杯の酒を眺めてから、それを口に運んで、干した。

「晴明よ、おまえはずるい」

「何のことだ」

「最初は言うまいと確かに思うていたはずなのだが、今は――」

「今は？」

「何やら、言うてもいいような気になってきてしまったではないか。どこかで、だまされたような気分じゃ……」

「だましてなぞおらぬ」

「いいや、だました」

博雅が、空になった杯を出してきた。

それに、晴明が酒を注ぎ入れる。

博雅は、その酒を半分ほど口に含み、それを飲み込んで、

「よい。だまされてやろう」

杯を簀子の上に置いた。

「梅のことを思うていたのだ」

「梅？」

晴明が、瓶子を置いた。

「そうじゃ」

博雅は、庭の梅を見やり、

「あの梅は、去年も咲いていた。その前の年も、さらにその前の年にも咲いて、晴明よ、おれとおまえは、そのどの時も、ここにこうして座して酒を飲んでいたではないか。それが、もう、

ずっと続いている……」

「続いているな」

「おまえと一緒に、こうして梅を愛(め)でながら酒を飲むというのは、なんというのか、いつもの、わざわざ考えるまでもないあたりまえのことになってしまったというのに、これが、実は、おれにとっては、なんともかけがえのない、極上のひとときなのだということに、思いいたってなあ。そのことに今さらながら気がついて、なんともしみじみとしてきてしまったのだよ、晴明よ……」

「うむ」

「この時分には梅を、春には桜を、夏には雨を眺めながらおまえと酒を飲む。こういうことが、いつまでできるのかと、ふと、そんなことまで思うたのさ」

「――」

「来年は、できるかもしれぬ。その次の年もできるかもしれぬ。しかし、その先は？　その翌(よく)年(とし)は、さらにまたその翌年はどうなのだ……」

「――」

「これは、永遠には続くものではない」

「だな……」

「晴明よ、おれにも、そしておまえにも寿命というものがある。いつか、人は死ぬ。おれが先に死ぬか、おまえが先に死ぬのかは天のみぞ知るところだが、その日は必ずやってくる……」

「決めた、というのは？」

「まあ、聞けよ、晴明。それについては、おれは、これまで、こう考えていた。死ぬのなら、おれが先でよいとな。おまえには、おれよりも長く生きて欲しいとな。しかし、今日こうして梅を眺めておまえと酒を酌みかわしているうちに、その考えがかわったのだ」

「どうかわったのだ」

「死ぬのは、おれが後でよいとな」

「ほう……」

「おれが死んだ後、ここで、晴明よ、おまえだけがぽつねんと独りで酒を飲んでいるのを想像したら、たまらなくなってしまってなあ……」

「――」

「もしも、逆に先に死ぬのがおまえで、残るのがおれであったらと思ったら、これはもう、おれはどうしてよいか、わからない。ただ独りで、梅を眺めながら酒を飲んでいる自分の姿を想像したら、淋しゅうて淋しゅうて、居ても立ってもいられなくなってしまったのだよ。そんなことがあって、たまるものか。昨年と同じ梅がそこにあって、その香も昨年と同様に香ってくるというのに、晴明よ、おまえだけがいない。おれは、それに耐えられぬだろう。だから……」

「だから？」

「おれは、決めたのだよ」

「何を決めたのだ」

「おまえより、長く生きることをさ」

「――」

「おまえが、おれがいないこの簀子の上で、ただ独り酒を飲んでいる姿を思ったら、これは絶対に、そのような思いをおまえに味わわせてはならぬと、そう考えたのさ。もしも、おれが先に死んだら、いったいこの世のたれが、ここに座っておまえの酒の相手をするというのだ」

博雅の眼には、いつの間にか、涙が溜っている。

「いや、博雅よ……」

と、晴明が言いかけたのを博雅が遮った。

「晴明よ、おまえ、おれのことが好きであろう」

「な……」

「おれのことを愛しゅう思うているであろう……」

「――」

「おれには、それがわかるのだ。おまえをひとりにするわけにはいかぬ」

「う、うむ……」

「だから、おれは決めたのだ。後に死ぬのはおれでよいとな。これは心に秘めておこうと思うたのだがな、しかし、それを思わず、うっかり口にしてしまったということだな」

「いや、いやいや、しかし、博雅よ……」

と、晴明が、珍らしく言葉につまって言いよどんでいるところへ、

「お客さまがお見えにございります」

庭の奥から、声がかかった。

見やれば、梅の木の向こうに、唐衣を身に纏った蜜虫が立っている。

「袖薫さまと申されるお方が、晴明さまにお会いしたいと、訪ねてまいられました――」

蜜虫の後方に、歳のころなら七十ばかりと見える、僧衣の老人の姿が見える。

その僧衣の人物が、袖薫であるらしい。

晴明、博雅と眼があうと、老人――袖薫はどこか哀しそうな、しかし、優しげな笑みを浮かべ、小さく頭を下げた。

二

袖薫――

生まれは伊予国で、幼名は空麻呂といった。

そこそこの家に生まれたのだが、空麻呂が立って歩けるようになった頃から、零落が始まって、十三の時に、流行り病があって、空麻呂を残して、一家は皆死に絶えてしまった。

播磨国(はりまのくに)に渡り、浄妙寺(じょうみょうじ)という寺で出家して、袖薫という名を授かった。

伊予国にあった時から歌が好きで、出家してからも、おりに触れては歌を詠むことをやめなかった。四十歳を少し過ぎた頃、寺を出た。何か不始末があったわけではなく、世の中というものに興味があって、あちこちを巡りたくなったのである。

都にもあこがれた。

足を向けた先で歌を詠み、経を読んだり、歩いた諸国の話をしたりすれば、それで一夜の宿にありつけるということも、少なくなかったのである。

歌がたくみで、経まで読むことができ、諸国の事情に通じているというので、都にある時は、寝る場所に困るということはなかった。やんごとなき家に呼ばれて、歌合わせの場に名を連ねることもあり、他人のために歌を代作することも一度や二度ではなかった。

七十歳になり、四条大路のさる屋敷に滞在している時、病を患った。

熱が出て、咳が止まらず、なんとか下(しも)のことは自分ですませてはいたものの、十日も伏せっているうちに、ついに立てなくなった。身体中がしくしくと痛み、咳も止むことがない。

そのうちに、意識も朦朧としてきて、何が現(うつつ)で何が夢か、よくわからなくなった。

熱が出て、身体が火照り、息が苦しい。

このまま、自分は死ぬのであろうと思った。

病に伏せって、十三日目か、十四日目か、ふわりと布のようなものが、身体に被せられた。

布をのけようとしてももうその力がない。眼を開いても、布のようなものが頭まで被せられているため、見えるのは闇ばかりである。意識も朦朧となっているため、布がなくても何か見えたかどうか。

「すまぬのう、袖薫どの……」

そういう声がして、身体が持ちあげられ、固い板のようなものの上に自分が乗せられたのがわかった。

どこかへ運ばれてゆくらしい。

「もし、いったいどこへ?」

声をかけても、答はない。

「すまぬ……」

そういう声が、一度聞こえただけであった。

しかし、どこへどう運ばれてゆくのかわからない。

そうか、自分は捨てられるのだ——

そう思った。

それもしかたがない。

これといったはたらきをするわけでもなく、主(あるじ)の話の相手をして、することと言えば、歌を作ることとくらいだ。それでもよかったのは、元気であったからだ。病にかかって、動けなくなれば、主にとっては迷惑なだけのことであろう。

それは、よくわかっている。

やがて、下ろされた。

「入れておきましたよ……」

そういう声が、低く響いて、それきり何も聞こえなくなった。

闇と沈黙だけがある。

どこであるかはわからない。

周囲を見ることもできないからだ。

ただ、よい匂いがする。

梅の匂いのようであった。

近くに、梅の樹があって、花が咲いているのであろう。

そういえば、梅の季節であったか。

起きあがろうとしても、起きあがれない。眼を開こうとしても開けない。

自分が今、眼を開けているかどうかもわからない。

自分は、もう、じきに死んでゆくのだな。

もう少し、歌を詠みたかった。

こうなってみれば、元気なうちに、行ってみたい土地や国もあった。もう、それもかなわぬということか。

ああ――

上手にものを考えるということができない。

死が近づくというのは、こういうことか。

そういえば、身体が少し軽くなってきたような気がする。

熱もおさまってきて、むしろ身体はあたたかい。釜で全身が煮られているような、あの感覚は、もうない。

おう……

気がつけば、自分は闇の中に立っているではないか。

いつの間に立ったのか。

それも、真の闇ではない。

上から、細く光が差している。

月の光である。

よくよく見渡してみれば、どこぞの破れ寺(やでら)のようであり、抜けた屋根の透き間から、月光がここまでこぼれ落ちてきているのである。

しかも、なんともよい匂いがあたりに満ちている。

足も動く。

どうやら自分は、ここで横になっている間に、蘇生したらしい。

寝ているうちに、病が癒えてしまったのか。

また、歌を詠むことができるということか。

外へ出た。

月光の中だ。

やはり破れ寺で、傾いた屋根や、柱が見えており、袖薫が立っているのは荒れた庭であった。

どうやら西の京あたりらしい。

梅の香はまだ匂っているが、しかし、梅の樹らしきものは見あたらない。

この匂い、いずれから漂ってくるのか。

袖薫は、月光の中を、ほとほとと、誘われるように西へ向かって歩き出した。

ゆけば、気のせいか、匂いが強くなってくるような気がしたのである。

川に掛けられた、壊れそうな橋を渡り、山の径に入った。

あれは葛野川であったか。

しかし、どこまで歩いても、匂いのもとにたどりつくことはなかった。

はて——

するとこの匂いはどこからやってくるのか。

梅の匂いのようでもあり、別の何かの匂いのようでもあり。しかし、いずれにしてもよい匂いであるというのには、かわりがない。

　歩いているのは、いつの間にか、山の径というよりは、石の段である。

　それを登ってゆくうちに、朝になり、陽が昇った。

　さらに登ってゆくと、大きな門があった。

　匂いはその門の中（うち）から漂ってくるようである。

　門をくぐると、そこは広い庭で、御殿が立ち並び、きらきら輝く瑠璃（るり）の楼台（うてな）がそびえているのが見える。

　庭には様々な花が咲き乱れ、鳥がさえずり、蝶が舞っている。その一角に、樹がそびえていて、梅とも桃とも桜ともつかぬ花が咲いており、どうやらこの匂いはその花のもののようであった。

　その花の下に毛氈（もうせん）を敷いて、そこで唐衣を着た、美しいふたりの女が碁を打っていた。それをひとりの女が立って眺めている。

　袖薫の姿に気づいているのか、いないのか、三人の女は視線も向けてはこなかった。

　袖薫は、その樹の根元まで近づいてゆき、花を見やれば、それは玉（ぎょく）でできた花であった。それでもよく匂う。

　袖薫は、そこでようやく腹が減っていることに気づいたのである。喉も渇いている。

　花をよく見れば、花びらの中に、露のようなものが溜まっている。

唇を寄せ花に舌を伸ばせば、舌先が触れた途端に、甘いものが口の中にこぼれ落ちてきた。

その露を呑み込んだとたんに、腹の減っていたことも忘れ、喉の渇きもおさまっていた。

その時――

「まあ」

という声が響いた。

碁を打つのを眺めていた女が発した声であった。

三人の女が、袖薫を見つめている。

「あなたはどなた」

「どうしてここに、やっていらしたの」

「この玉女山(ぎょくじょせん)に、人がやってくるなんて、千年ぶりのことだわ」

三人の女が、口ぐちに言った。

「おお、すみません。わたくしは袖薫と申す者でござりますが、その花の香りに誘われて、ここまでやってまいりました。あまりに喉が渇き、腹が減っておりましたものですから、黙って、花の露をいただいてしまいました」

袖薫が言うと、立っていた女が、

「あなた、何か匂うものをお持ちのようね。それで、ここまで来ることができたのだわ」

このように言った。

「おなかが空いていらっしゃるというのなら、何か食べるものをさしあげましょう」

　黒い石を打っていた女が言った。

「これ、元暉、こちらの方に玉果をお持ちして――」

　白い石を打っていた女が、奥の御殿に声をかけると――

「はーい」

　と応える声があって、ほどなく、女童が、白い皿を両手で掲げて、御殿の中から出てきた。

　その皿の上に、うすももいろの、なんとも美しい果実が載せられていた。

「どうぞ、おめしあがりください」

　というので、手にとって食べると、飢えと渇きがさらにおさまっただけではなく、元気までもが身体に漲ってきた。

　病は嘘のように消えて、気分も実によい。

「お気にめしたのなら、いつまでもここにいらしていただいてかまいませんわ」

「食べるものなら心配いりません」

「もしも、まだ俗世の欲が消えぬのなら、いつでも声をかけてくだされば、わたくしたち三人のうち、誰でもあなたの閨にまいりますわ」

　夢のような話であった。

　言われた通りであった。

こぎれいな部屋と寝台が与えられ、腹が減れば、玉果が出てきて、声をかければ、三人の女が、誰でもいつでも相手をしてくれるのである。

この玉女山には、この三人の女とひとりの女童しかおらず、眠ければいつまで寝ていてもよく、玉果でなく他のものを食べたいと言えば、いつでも山海の珍味が、肉でも魚でも、他の果実でも、山のように出てくる。

酒もうまい。

もちろん、働かずともよく、一日中、好きな遊びに興じていればよい。音楽を聞きたければ、三人の女が琴でも笛でも、好きな時に奏してくれるのである。また、その腕まえが、すばらしい。

しかし、十日目には、どこか淋しくなり、ひと月後には、飽(あ)いた。

碁を打つこともなく、女を呼ぶこともなく、夜はひとりで眠り、昼はひとりでぽつねんとしていることが多くなった。

「どうなされたの」

「お淋しそうね」

「何か御不満でも?」

不満があるわけではない。

「不満はございません」

しかし、よくよく思うてみるに——

不満のないそのことが、不満と言えば不満のようなのである。

強いて言うなら、歌が詠みたい。

しかし、想が湧いてこないのだ。

ただ五七五七七と言葉を並べるだけなら、できる。そこそこの体をなしたものも詠むことはできるのだが、それは、これまで培ってきた自分の技術が歌を作らせているのであって、歌を詠む、作るということの悦びがあまりにも薄いのである。それでできるのは、詠まぬ方がよい歌だけだ。

四十日を過ぎる頃には、食が細くなり、五十日たった時には、何をしていても楽しいということがなくなってしまった。

何度か、ここを出ようと試みたこともあったのだが、何度ためしても、歩いてゆくと、行く手に石の段があらわれ、あの門の前にもどってきてしまうのである。

六十日目には、痩せはてて、玉果を見るのもいやになった。

苦しい。

辛い。

「これは、あなたの中に、よほどの罪深いなにかがあるのね」

「その罪業をなんとかしなければ」

「その罪深きものを消してしまいましょう」

袖薫は、こわくなった。

三人の女が言う罪深いものというのは、歌のことだ。

歌を作りたいという想いのことだ。

それを消されてしまったら。

歌を作る、歌を詠みたいという想いを消されてしまったら――

それは、自分にとっては、死んだも同じではないか。

歌とは、自分にとっては、命だ。

生きることそのものである。

「どうか、わたくしを、もといた世界へ、かえして下さい。なにとぞ、なにとぞ――」

袖薫がそう言うと、

「ここには、飢えも病もありません」

「あらそいごとも、うばいあいもないことよ」

「あなたは、あの飢えと病とあらそいに満ちたあちらの世界へ帰りたいというの」

女たちが言う。

「はい」

袖薫は、はっきりとうなずいた。

そうなのだ。自分は人の汗や土の匂いのするあの世界が恋しいのだ。

「ならば、しかたありませんね」

「こんなにおっしゃるんですもの。かえしてさしあげましょう」

「せっかく、玉女山にいらしたというのに、なんともったいないことを——」

三人はあきらめたように言った。

「門を出たらば、眼を閉じて、石段を降りてゆくといいわ」

「降り続けてゆき、石段がなくなって、平らなところに出たら眼を開けなさい。そこがあなたのもといた場所よ」

「もどってから、もしも何か不つごうなことがあったら——そうね、土御門（つちみかど）大路（おおじ）の安倍（あべの）晴明をたずねればいいわ。きっとあの方がなんとかしてくれるでしょう」

そのように言われた。

袖薫、さっそく門をくぐって、眼をつむって石段を降りはじめた。

しかし、降りても降りても石段は続き、時には転んだりしたのだが、眼だけは絶対に開けなかった。

感覚で言えば、三日ほどもたったかと思えた頃、自分の足が踏むところが、平らになった。

そこではじめて、袖薫は眼を開いたのである。

三

「そこが、まあ、西の京のはずれでござりました」

と、袖薫は言った。

晴明の屋敷の簀子の上だ。

晴明と博雅が並んで座し、袖薫はふたりと向きあうかたちで座している。

着ている僧衣はぼろぼろで、自身は痩せ細り、剃髪しているはずの頭には、一寸半ほども髪が生えている。

頬がこけて、鼻の下も顎まわりも髭が覆っている。

歳は、七十を少し超えているだろうか。

袖薫が、話を続ける。

「よかったとほっとしたのも束の間のことで、すぐに奇妙なことに気づきました」

「ほう、それは?」

晴明が問う。

「腹が減っており、食べものにありつこうと、心あたりをあちこちたずねたのですが、いずれへまいりましても、わたくしを知る者がござりません。それだけではなく、わたくしが知ったどなたの顔もないのでござります」

そこに建っていたはずの屋敷もいくつかはなくなっており、まだある屋敷も、

「はて、このような景色であったか」

記憶よりも、古びて見えるのである。

病にかかった時、居たはずの屋敷をたずねてみたが、屋敷そのものがない。

かつて世話になった人の屋敷に顔を出しても、知った顔はどこにもなく、その家の主の名を出して、

「まだお元気でござりましょうか」

と問えば、

「二十年も前に、亡くなりました」

という話であった。

さすがにびっくりして、

「今年はいったい、何の何年でござりましょう」

こう問わずにはいられなかった、というのである。

「それもわからぬのですか!?」

あきれられてしまった。

あれこれ話をして、ようやくわかった。

「どうやら、知らぬ間に、六十年余りの歳月が過ぎ去っていたのでござります……」

途方にくれた袖薫、玉女山で、女が口にしていた言葉を思い出した。

〝もどってから、もしも何か不つごうなことがあったら――そうね、土御門大路の安倍晴明をたずねればいいわ。きっとあの方がなんとかしてくれるでしょう〟

「それで、晴明さまをおたずねした次第にござります」

袖薫が頭を下げた。

「なんと、不思議なことがあればあるものだなあ、晴明よ」

博雅が、溜め息とともに言った。

「で、袖薫どの、こちらにもどられてから、どれほどになりましょう」

晴明が問えば、

「半月ほどにもなりましょうか」

袖薫が言う。

「歌がお好きであったとか？」

「はい。子供の頃より歌が好きで、八歳の頃、伊予国におりました時に詠んだ歌が、これでござります」

それを袖薫が口にした。

梅が枝を袂にさせばうつり香の風にのりてもゆくこころかな

「八歳のおりに？」

「はい」

花の咲いている梅の小枝を折って袂にいれておくと、その香を運ぶ風にのって、愛しいひとのもとまで飛んでゆくような心もちである——

そういう意の歌である。

八歳としてはませた歌であり、なかなかよくできている。

「なかなかの子じゃ」

「これは行く末が楽しみじゃ」

大人たちが喜ぶので、おりあるごとに歌を詠むようになって、出家したおりも、この歌のことが知られて、袖薫の僧名を授けられたのであった。

しかし、大人になって、さらに歌が上達したかというと、それほどのこともなかった。都へ出て広い世界に身を置いてみれば、袖薫ほどの歌を詠む者はいくらでもおり、袖薫以上の歌の上手は何人もいる。

それが、よくわかった。

だが、業というのか、もって生まれた病というのか、

「歌を詠むということをやめることはとてもできませんでしたよ。こちらへもどってから知っ

たのですが、『拾遺和歌集』と『後撰和歌集』に、読み人知らずとある歌も、このわたくしの歌にございます――」

袖薫は、その歌を口にした。

ゆめよゆめこひしき人にあひ見すなさめてののちにわびしかりけり

わがやどの梅のはつ花ひるは雪よるは月とも見えまがふかな

なかなかによき声であった。

「で、晴明さま、このわたくしに、今、いかなることがおこっているのでございましょうか――」

袖薫が問う。

「気になるのは、あなたさまが先ほど口にされた、玉女山という名前ですね」

「それが、何か――」

「それは、唐の国にある仙山(せんざん)の名前ですね。晋朝の泰始年間の頃、蓬球(ほうきゅう)という方が、山で木を伐っている時、よき匂いを嗅いで、その香りをたどってゆくと、玉女山に行きついたという話が残されております」

「では、玉女山も、そこにいた女も、わたくしの夢ではなかったと——」

「そういうことになりましょうか」

「しかし、わたくしがどうして、その玉女山へ？」

晴明は、少し考えるように言葉を止めてから、

「袖薫さま、ちょっとお願いしたきことが……」

「何でしょう」

「あなたの纏っておられる衣の、左右の袂の中をお確かめいただけますか——」

「左右の袂、でござりますか」

「はい」

袖薫が、左手を右の袂の中へ、右手を左の袂の中へ入れて確かめると——

「や、これは？」

袖薫が、その両手の指にそれぞれつまんでいたのは、長さ三寸余りの、黒っぽい小枝であった。

枝先には、黒くひからびたものがついており、それが指先からぽろぽろと落ちた。

「おそらく、梅の枝先でしょう」

すると、今枝先から落ちたのは、枯れた梅の花か。

「わたくしには覚えがござりませぬが、いったい誰が——」

「たぶん、あなたが板に乗せられ、運ばれてゆく時に、入れられたものでしょう。入れたのは、きっと、その時、あなたが世話になっていたお屋敷の誰か——おそらくは、懇意にされていた主どのではありませんか」

「そう言えば……」

袖薫には思いあたることがある。

板のようなものに乗せられ、運ばれて下ろされた時に、

「入れておきましたよ……」

そういう声が聞こえてきたことだ。

そういえば、玉女山で三人の女に会った時にも、女のひとりに、

「あなた、何か匂うものをお持ちのようね。それで、ここまで来ることができたのだわ」

そのように言われている。

「袖に入れられた梅の枝の花の香りと、玉果の香が感応して、玉女山への道が開いたのでしょう」

晴明が言う。

「よく、天界仙界の一日は地上の一年とか言われておりますが、そういうことがわたくしの身にもおこったのでしょうか」

「おそらくは——」

「どういたしましょう。玉女山では、晴明さまならなんとかしてくれるでしょうと、おっしゃっていたのですが……」

晴明は、哀しそうな眼で袖薫を見やって、

「わたしにできることは、そう多くはありません……」

申しわけなさそうに言った。

「おい、晴明よ、そうつれなくするものではないぞ。こちらの方に、なんとか力になってやれることがあるのではないか――」

博雅が、声をかけてきた。

すると晴明は、

「袖薫さま――」

と、声をかけた。

「はい」

「あなたが、こちらにもどってきたのは、歌にまだ未練があったからということですね……」

「そういうことでございましょうか。よくよく、情のこわい、業の深いことなのでしょう」

「では、ここで、ひとつ歌を詠まれてはいかがですか――」

「歌を?」

「はい」

袖薫がうなずく。

「では、庭へ――」

うながされて、袖薫は簀子の階から庭へ降り、それに晴明と博雅が続いた。

咲きはじめた梅の樹の下まで歩いてゆく。

近づけば、梅の香が濃く漂ってきた。

立ち止まると、晴明は、白い花が咲いた梅の小枝を、先から三寸あたりのところで、一本、二本、折りとった。

その二本の枝を、袖薫の左右の袂に入れて、

「では、どうぞ、心のままにお詠みください。紙も筆も、墨も用意がござりませぬが、お詠みになった歌を、ここで口になさるだけでかまいません……」

晴明が、袖薫の耳元で、梅の香を耳から優しく、注ぎ込むように言った。

「はあ……」

と、周囲を見回し、梅に眼をとめて、袖薫は、しばらくその香を嗅いで楽しんでいるようであった。

やがて――

「できましたぞ……」

袖薫がつぶやいた。

「どうぞ」

と、晴明がうながすと、袖薫がうなずいた。

その唇が開き、静かなさびさびとした声が、響いてきた。

あさましやみしはゆめかととふほどにおどろかすにもなりぬべきかな
よい声であった。

声が響き終った後——

「よき歌にござりました……」

晴明が言った。

すると——

「もう一度……」

博雅は、そう言って、懐から葉二を取り出して、唇にあてた。

袖薫が、再び、その歌を口にした。

「あさましやみしはゆめかととふほどにおどろかすにもなりぬべきかな……」

それに、博雅が笛を合わせた。

その音から、梅の香が匂いたってくるような、よき音であった。

声がやみ、その後、大気の中に残った梅の香のように、博雅の笛がしばらくあたりにたゆたっていたのだが、やがて、それも消えた。

「ありがとう存じます……」

袖薫が頭を下げ、

「なんともよき笛にございましたなあ……」

その眼から、ひと筋、ふた筋、涙がこぼれている。

袖薫が眼を閉じる。

「まことに、まことに、よき香りがいたしますよ……」

その眼元と口元に、笑みが浮いている。

まことに、まことにとつぶやく袖薫の声が、だんだんと小さくなり、ささやくようになってゆく。

「こういうことだったのですねえ……」

そして、消えた。

袖薫の纏っていた僧衣ばかりが、ふわりと宙に浮いて、その後、地に落ちた。

「消えてしまったよ、晴明……」

博雅が言った。

「そうだな……」

「袖薫どの、六十年前に、すでに亡くなられていたのだなあ……」

「ああ」

晴明がうなずく。

「そのことに、ようやく気づかれたということか――」

「そういうことだ」

「晴明よ、おまえ、袖薫どのが、すでにこの世のものではないことを、はじめからわかっていたのだな……」

「ああ……」

「これでよかったのか、他にも何かやりようがあったのか、なかったのか、おれには何もわからぬが、おれは、今、なんだかいたたまれぬほどに、心にやり場がないようなのだよ、晴明よ……」

「うむ」

「これでよかったのかな、晴明――」

「よかったのさ」

つぶやいた晴明の声は小さく、すぐに、周囲の梅の香に溶けてまぎれてしまった。

あとに、梅の香ばかりが、春の光の中で、なやましいほど濃くなってゆく。

殺生石（せっしょうせき）

〽心を誘ふ雲水（くもみず）の
　心を誘ふ雲水の
　うき世の旅に出（い）で（じょ）うよ

一

森の中を、歩いている。

白髪、白髯（はくぜん）の老人である。

顔の皺（しわ）が深い。

顔が皺で埋もれているのか、皺が顔に埋もれているのか、いずれか判然としない。年齢の見当がつかなかった。風貌を見るに、百歳を越えていても驚かない。

眸（め）は、黄色く光っている。

表情は、どこか惚（ほう）けたように見えるのに、その眸だけが、妙にこわい。

身につけているのは、黒い水干（すいかん）か道服の如きものなのだが、そこら中が擦り切れて、何を着ているのかわからない。ただの襤褸（ぼろ）を纏（まと）っているだけのようにも思えた。

その襤褸の裡（うち）にも、身体の裡にも、旅の埃が芯にまで染み込んでいるようであった。

腰から、一本の瓶子（へいし）を、紐でくくってぶら下げている。

人というよりは、もののけの眷族（けんぞく）であるように見える。

蘆屋道満（あしやどうまん）——

それが、この妙な老人の名であった。

周囲に生えているのは、椈（ぶな）や胡桃（くるみ）、柏（かしわ）や楓（かえで）である。

じきに梅雨（つゆ）に入るかどうかという時期で、樹々はようやく葉を広げ終えたところだ。これから、ひと雨ごと、一日ごとに、葉の緑がその濃さを増してゆく。

それらの葉や樹が吐き出した、なんともいえない酒に似た香気が、森の中の大気に溶けている。

夕暮が近かった。

上に被さった木の梢の向こうに見える空は、まだ青く光ってはいたが、森の中にはすでに夕刻の気配がたちこめている。
しかし、道満は、歩を速めたりはしていない。
森の中を、ほそほそと続いている径(みち)を、ゆるゆると歩いている。
と——
道満が、足を止めた。
道満は、足元に眼をやった。
前に出して止めた左足の先に、鳥が転がっていたのである。
鳥だった。
これで二羽目だ。
道満は、身をかがめ、右手を伸ばして鳥の両足を摑み、眼の高さまで持ちあげた。
さきほどの鳥はまだ生きていたが、二羽目のこの鳥は死んでいた。
しげしげとそれを見つめ、
「ふうん……」
泥の煮えるような声でつぶやいた。
屍骸を笹の繁みの中へ放り捨て、また歩き出した。
ゆくうちに、また一羽、また一羽と、鳥の屍骸が落ちている。
鳥の次が四十雀(しじゅうから)で、次が鶯(うぐいす)だった。

そして、その次が、兎の屍骸であった。

次が狸だ。

歩いてゆくと、だんだんと、屍骸の数が増えてゆく。

径の周囲だけでもたいへんな数である。この分では、左右の森の中には、これに倍する数の生き物の屍骸が転がっているに違いない。

そして、歩を進めてゆくと、立ち枯れている樹の数も、だんだんと増えてきた。

楓や、胡桃、椈の樹が、枯れて朽ちるままになっている。

そして、足を止めた道満が、地面から拾いあげたものは、首がふたつある蛇であった。

「ほう、ほう……」

道満が、声をあげる。

その口元は、皺にまぎれてはいるが、どうやら笑っているらしい。

「おやめなされよ……」

右の森の中から、声がした。

道満が、そちらへ眼をやると、三間ほど向こうの笹の中に、樵(きこり)のような風体をした男が立っていた。

「やめる?」

「その先へは、ゆかぬがおん身のためじゃ……」

その男が、とがめるような口調で言う。

「何故かな?」

「ほれ、今、そなたが手にしているその蛇、そなたもそのようになってしまうからじゃ――」

「ほう……」

「さもなくば、死んでしまうか、ほれこのわしのようになってしまうぞ」

「おまえさんの、その口のようにか……」

「ほうじゃ」

「ほうじゃ」

男の口が、交互に答えた。

その男の口は、なんとふたつあったのである。

男は、先ほどから、ふたつの口で、道満に交互に語りかけていたのであった。

「へえ、そうかね」

道満は、持っていた首のふたつある蛇の屍骸を、男に向かって放り投げた。

蛇は、男の身体を通り抜け、音をたてて笹の中に落ちた。

男は、消えていた。

「おやめなされ」

「おやめなされ」

今度は、正面から声がした。

眼の前に、今、姿を消した男が立っており、ふたつの口で、道満に声をかけてきた。

「行かぬがよい」

「ゆくな」

「死にまするぞ」

「さもなくば、ほれ——」

「このように」

「このように」

次々に、森の中から声がかかってきた。

さきほどの樵の風体をした男だけではない。森の中のそこここに、唐衣（からぎぬ）を着た女、黒袍（くろほう）を纏った男、狩衣（かりぎぬ）の男、烏帽子（えぼし）を被った男、僧形（そうぎょう）の人物が立ち、道満を囲んで声をかけてくるのである。

老人や、子供の姿もあった。

「やめなされや……」

「やめなされや……」

腕が、四本あるもの。

目が、三っつあるもの。

舌が二枚ある女。
そういった者たちが、一斉に道満に声をかけてきた。
道満は、右の袖をひと振りし、
「消えよ」
そう言った。
すると——
ふ……
ほ……
ふ……
ほ……
と、男や女たちの姿が森の中から消えた。
「なんとも、おもしろいことになってきた……」
道満は、にんまりと笑みを浮かべ、再び、また歩き出していた。

二

〽なすのの原に立つ石の
　那須野の原に立つ石の

苔(こけ)に朽(く)ちにしあとまでも
執心(しゅうしん)を残し来て
また立ち返る草のはら
ものすさましき秋風の
ふくろふ松桂(しょうけい)の
枝に鳴き連れ狐
蘭菊の草に蔵(かく)れ棲(す)む
この原の時しも
物凄(ものすご)き秋の夕べかな

森を抜けた。

正面に、家が見えた。

茅葺(かやぶき)の家だ。

周囲は小さな原(はら)になっていて、わずかながら畑もある。

家の右横に、大きな太い杉が生えているが、幹の途中から、枝が四方八方へ伸び、樹影だけ見れば、杉ではないような姿をしていた。人であれば、ねじくれた手足をあちらこちらに伸ばし、身をよじってもがいているように見える。

そして、家の背後には、家よりもひとまわりは大きい、方形の塊りのようなものがあった。

石のようである。

あたりは、すでに暗くなっており、森の中から濃い闇が、生き物のように這い出てきていた。

空に残ったわずかな明りで、あたりの様子はなんとか見てとれる。

道満の周囲には、絶えずものかげが動いている。

それは、太刀を下げた侍姿の男であったり、唐衣を着た女であったり、時には牛に牽(ひ)かれた、やんごとない飾りのついた車であったりした。

走る子供。

歩くもの売り。

彼らが通りすぎてゆくのに、足元の草がそよぎもしないのは、いずれも幻影だからであろう。

道満は、それを見抜いている。

「ふん……」

道満の足元に、茄子が植えられており、すでに早い実が生(な)っているが、どの実も歪んでいて、色も赤かったり、青かったりする。途中から二股になっている実もあれば、表面が、瘤(こぶ)のようにぶくりぶくりと不気味に膨らんでいるものもある。

東の空に、ぽっかりと浮いた黄色い月までもが、歪(いび)つで、どこか禍まがしい。

見やれば、その原一面の草の間に、鳥や動物の屍骸が転がっている。

それらのあるものは白骨化し、あるものは木乃伊化していた。

その屍の中を、ゆるゆると道満は歩いてゆく。

家の中に、ちらちらと灯りが揺れているのがわかる。正面にある戸の隙き間から、炎の色が見てとれる。

道満の正面に、ぼうっと立ったものがあった。

金糸、銀糸をあしらった、重そうな衣裳を着て、頭には唐風の、きらきら光る黄金の被りものを載せている。

幽かに、青白く、その人影は燐光を放っている。

髪も髯も白い老人であった。

道満は、足を止めた。

幻影とわかっていたが、その男の、何か言いたげな顔を見たからだった。

「ゆかれるのか、そなた、あの家へゆかれるのか……」

「まあ、な……」

道満は、つぶやいた。

「喰われるぞ、とって喰われるぞ、あの女に……」

「ふふん」

道満は、小さく笑った。

「そのなりは、旅の陰陽法師か？」

「そんなところじゃ」

「なれば、のう、陰陽法師どの、どうか我らを助けてくりゃれ――」

「ぬしらを？」

「おう、我らをこの苦しみから救うてくだされ。我ら、あの女と石のせいで、未来永劫救われぬ……」

その老人は、眼に涙を浮かべ、なんとも哀れな眼で道満を見ている。

道満は、しばらく老人を見つめ、

「おれにはできぬな……」

そうつぶやいた。

道満の顔に、はじめて悲しそうな表情が浮かんだ。

「おれには、どのような人間も、救うことができぬよ。たとえそれが、もののけや亡霊であってもな。自身さえ救えぬ哀れな爺いさ、このおれは……」

「しかし、なれば、どうしてこのようなところへ――」

老人が、そこまで口にした時、家の戸が開く音がした。

灯りが、道満の足元まで届いてきた。

その灯りに、押しやられたように、老人の姿が消えていた。

「どなた?」

女の声がした。

三

不思議な女だった。

囲炉裏を挟んで、道満の向こう側に座しているのだが、身につけているものに、汚れがない。

むろん、宮中で女房たちが纏うような衣裳を身につけているわけではない。

かといって、畑仕事や、家のあれこれをする衣裳でもない。

さっぱりとした小袖を着ているのだが、それが、土や、日々の垢で汚れていないのである。

道満が、ひと夜の宿を請うた時、

「女のひとり暮らしではござりますが……」

女は、丁寧に頭を下げて、そう言ったのだ。

そして、この囲炉裏の前に通されたのである。

他に働く者たちがいるとも思えないが、何故か、生活臭が、この女からは漂ってこない。

歳のころであれば、二十代の半ばくらいであろうか。

眼はやや細いものの、そこから覗く瞳は黒ぐろとして、濡れている。

唇には、ほんのりと紅(べに)まで塗っているらしい。その赤い唇の両端は、こころもち持ちあがっていて、常に微かな笑みを含んでいるようである。

顔も、そして袖から覗く腕も、陽に焼けておらず、白い。

囲炉裏には火が燃えていて、その上に鍋がかけられていた。

そこで、汁が煮えている。

「今日、拾うた山鳥の汁でござります」

女は、そう言って、その汁を木の椀に盛りつけてくれたのだが、道満は、それに手をつけなかった。

「おれは、これがあればよい」

そう言って、持ってきた瓶子を囲炉裏の縁に置いて、中に入った酒を、時おり口に運んでいるのである。

〝拾うた山鳥〟

というのは、家の周囲に転がっている様々な生き物の屍骸のひとつということなのであろう。

美しい女であった。

白い肌の内側から、色香が滲(にじ)み出ている。

箸を持つ指も、白く細い。

この家に入る時、道満の背に微かに響いてきたのは、
行っちまったよ……

家に入っちまったよ……

ひい……

ひひ……

という声であった。

女は、箸を止めて、

「おいしゅうござりますよ。本当にめしあがらないのですか？」

道満に、声をかけてきた。

「いらぬよ、これで充分」

道満は、ぐびり、ぐびりと酒を飲んでいる。

女は、箸と椀を囲炉裏の縁に置いて、

「ならば、よいものを御用意いたしましょう——」

立ちあがって、奥へ姿を消した。

もどってきて、

「どうぞ、これを——」

と、差し出してきたのは、黄金の杯であった。

「これがあれば、酒のおいしさも、倍になりますよ……」

女は、その杯を、道満の前に置いて、囲炉裏の向こうに、また座した。

道満は、ぐびりと、また酒を飲んで瓶子を置いた。

その瓶子の横に、黄金の杯が、空のままぽつんと置かれている。

「道満さまは、旅の陰陽法師とか……」

女が言う。

家に入るおり、すでに、道満は名のっている。

それを踏まえての、女の言葉であった。

道満は、まだ女の名を問うていない。

「都から?」

女が問う。

「あちこちじゃ」

「でも、都にも、いらしたことはあるのでしょう?」

「あるかというなら、ある……」

「なつかしい……」

女がつぶやく。

「都にいたことが?」

「はい」

女はうなずき、

「遥か昔のことでございます……」

何やらなつかしげな遠い眼つきになった。

「都は、恋しいか？」

道満が聞く。

「はい」

女が、白い顎を、小さく引いた。

「道満さまは、都は？」

「恋しゅうはない。ただ……」

「ただ？」

「こいつを飲む相手が、ひとりふたりはいる……」

道満は、まだ酒の入った瓶子を持ちあげてみせた。

「その方が、恋しい……？」

「どうだかな」

道満は、また、酒をひと口飲む。

「ところで、道満さまは、いったいどうして、未知国（みちのく）のかようなところまでいらしたのですか？」

「都に飽いたのさ。ついでに人を捜しに来た……」

「人を……」

「うむ」

「何というお方です？」

「玄能(げんのう)という坊主よ。我が古き同胞(はらから)じゃ。こちらの方へ足を向けたと耳にして、自然に足が向いたまでのこと……」

「その玄能というお方、この家(や)に来たと？」

「さあ、そこまでは知らぬ。来たのか、来なかったのか、なあ……」

道満は、女を見やり、瓶子を囲炉裏の縁にもどした。

「さあ、それはまたとんと……」

女は、ゆっくりと立ちあがり、再び奥へと姿を消した。

もどってきた時には、一面の琵琶を手にしていた。

螺鈿(らでん)で、月を抱えている天女が、その琵琶の腹板に描かれていた。

「月読(つくよみ)にございます」

そう言った。

琵琶の銘(めい)であるらしい。

「何か、つかまつりましょう」

独り言のように言って、女は、少し間を置き、

「では——」
と、弦に撥を当てた。
びょおん……
と、鳴った。
嫋……
嫋……
と弦が震えて鳴きはじめた。
女が、謡う。

〽今は昔の物語り
今は昔の物語り
夫月日は百代の過客にして
光陰は夢の如く
覚むれば見えず
折れたる剣を
拾ふ者とてなし

〽少年色に迷うて
中年酒に溺(おぼ)れ
老年未だ道に惑(まど)ふ
庵(いおり)の蔀(しとみ)
露踏(つゆふ)む小径(こみち)
夏の葛(かずら)よ繁らば繁れ
訪(おとな)ふものは
風ばかり
訪ふものとて
風ばかり

さびさびとして、低く、よく通る声であった。

声と、琵琶の音に合わせて、囲炉裏の炎が和すように揺れた。

琵琶が終った。

「たいそうな琵琶の上手(じょうず)であるが、それは、都にいる時に？」

「はるか昔のことと申しあげました……」

女は、琵琶を傍に置きながら言った。

「これほどの腕があれば、都にも居る場所はいくらでもあったろうに、どうして、かような場所にお独りで……」

「この家においでになった時、ごらんになられたでしょう。この家の裏手にある、あの大きな石を……」

「見た」

「あの石が……」

「あの石が、そなたがここに居る因になったというわけかな」

道満の問いに、女は答えなかった。

逆に、女が道満に問うてきた。

「こちらへいらっしゃる時、森の中や、この家のまわりに、たくさんの生き物たちの屍骸があるのをごらんになられましたか――」

「それも見た」

道満はうなずいた。

屍骸だけではない。

道満は他にも、無数の陰態のものたちに会っている。

「鳥や獣の屍体――あれはいったいどういうものの仕業なのかね。そなた、知っておるのではないか」

「はい」

女は、眼を伏せながら、うなずいた。

「すべては、みな、あの石がなした技にござります」

言って、女は顔をあげた。

「石？」

「はい」

「そなた、その理由を知っているのかね」

「わたしは、あの石の石守りにござりますれば……」

「ならば、ぜひ、それを知りたい。聞かせてもらえるかね」

「古い、昔のことにござりまするが、それでよろしければ……」

「頼む」

道満は、瓶子を持ちあげ、また酒をぐびりと喉に流し込んだ。

四

〽石に精あり
〽水に音あり
風は大虚に渡る

〽形を今ぞ　現はす石の
二つに割るれば
石魂忽ち　現はれ出でたり
恐ろしや

今より百年に余る昔のこと、文徳天皇の御時にござります。宮中に仕える女房たちの中に、玉藻の前と呼ばれる女がいたと思うて下さりませ。この玉藻の前、いつ、どのようにして宮中に入るようになったのか、詳しく知る者はござりませぬが、殿上人の誰とて、知らぬもののない女房となっておりました。

歌を詠むことがたくみであるだけでなく、漢詩も自在にして、四書五経は言うにおよばず、唐から渡ってきた漢籍もそのことごとくを諳んじているようで、坊主よりも、経典のことをよく知っており、唐国のみならず、天竺のことまで、知らぬことなどないというくらいに、よく知っておりました。

唐よりも古い漢のころのことや、それ以前のこと、周や殷のことまで眼に見たように話します。唐の頃、あの時誰それはどうしたとか、長安の東の市の南に胡の国の壺を売るたいそう立派な店があったとか、玄宗皇帝はどのように酒をめしあがったとか、漢籍にも載っていないようなことまで知っている様子でした。

閨のことにもたくみで、どこをどうすれば男たちが悦ぶかを知っており、宮中の主だった男たちは、いずれも玉藻の前の虜になってしまったのです。

いつの間にか、政はおろそかになり、宴や歌合わせなどのことが増え、それと一緒に宮中での争いごともまた増えていったのです。

ある年の七夕の御遊のおりでござりましたか。

文徳天皇、紫宸殿に出御ましまし、十二人の后、三十六人の妾人を召して月見の管弦をあそばされたことがござりました。

四十二の燈りを点し、月美しく、蛍も飛びかう宴にてござりましたが、夜半になります頃に、にわかに晴れたる空がかき曇り、雲に月が消え、虚空より何やらもの凄まじき風が押しよせて、四十二の点したる燈りの全てがたちどころに消えて、真の闇夜となってしまいました。

公卿殿上人、これはいかにと口々に騒ぎたて、

「松明を、疾く、疾く」

と皆々が叫んでおります時、あたりを明るく照らすものがありました。

これが、玉藻の前であったのでござります。

なんと、簀子に座した玉藻の前の身体から、金色の光が差し、あたりが昼のようになっていたのでござります。

その明りで、宴をお開きとし、なんとかその場はおさまったのですが、なんと、次の日から、

帝が御悩となられてしまったのでござります。

たいへんなお熱であり、

「あつや……」

「あつや……」

と、帝はうわごとのようにつぶやくばかりで、どのような神に召されてしまったのか、意識ももどってまいりませぬ。

坊主や陰陽師が呼ばれ、祈禱をいたしましても、帝のぐあいはいっこうによくなりません。

そこで、呼ばれたのが、当時評判の、滋岳川人という陰陽師でござりました。

さっそく占わせると、

〝御悩のことは玉藻の前に因あり〟

との卦が出てまいりました。

ではとばかりに玉藻の前が呼ばれ、御所の庭に座らされ、両手に五色の幣を持たされました。

滋岳川人、その前に座し、行ないましたるは泰山府君の祭りにござります。

この祭りを行じたところ、玉藻の前、身をよじって苦しみだし、幣を取り落として、ばったと地に倒れ伏しました。

すると、たちまちにして、その身は、尾が九本もある九尾の狐と変じ、天へと駆け登って、いずこへかと、その姿を消してしまったのでござります。

そして、空を駆けた九尾の狐、玉藻の前がやってきたのが、この未知国だったのでございます。

百年前のその頃、未知国のこの地にも、ささやかながら、栄えた美しい都がございました。畑などの作物も、山の実りも豊かで、人々が幸せに暮らす都でございました。

玉藻の前、もちろんここでも正体を隠しておりましたので、本体が九尾の狐とは、たれも気がつきません。

宮中に入ってしまえば、歌を詠み、詩を作り、手管をつくしましたものですから、たちまちにして、京の都でもそうであったごとくに、こちらの宮中でも帝のおぼえめでたく、あちらの宴、こちらの宴と顔を出すようになり、この国になくてはならない女房となっていったのでございます。

「この山には、黄金(こがね)が埋もれております」

ある時、玉藻の前が、このように言い出しました。

玉藻の前に言われたように、山を掘ってみると、果たして、黄金が出てまいりまして、その黄金によって、さらに豊かな国へとなっていったのですが、やがては京の都で起こったことと、同じことが、この未知国の都でも起こったのでございます。

人は働かなくなり、歓を尽くすことに心を奪われるようになり、今日も明日も宴の日々となり、政(まつりごと)がおろそかとなって、むしろ人々は貧しくなり、一部の殿上人ばかりが、遊んで暮らすような国となってしまったのでございます。

そこで、ひそかに京の都から呼ばれたのが、件の陰陽師、滋岳川人だったのでございます。

「玉藻よ、またもやおまえの仕わざか」

川人は、泰山府君の祭りよりもさらに強い呪をもって、玉藻の前を、大きな石の中に閉じ込めてしまいました。

そうして、滋岳川人は京へともどっていったのですが、ことはそれですまなかったのです。

石に閉じ込められても、玉藻の前の怨念凄まじく、石の上を飛ぶ鳥は落ちて死に、近づく獣はその石の瘴気にあてられて、死んでしまうのです。

人はさすがに、すぐには死にませぬが、近くにいるだけで、その瘴気にあてられ、病を得て、いずれは死んでしまいます。

そんなわけで、この都もやがて滅び、今はこの家と、あの石のみが、昔を知るよすがとなってしまいました。

え。

わたくしですか。

わたしは旅の遊び女にございます。

旅から旅へと、あちらこちらの国々をめぐり、ここにたどりつきました。

旅のあいだに、すっかり人嫌いになり、人がめったによりつかぬのをよいことに、石守りとして、この家に住むようになったものです。

どうぞ、道満さまと申されましたか、旅の陰陽法師さま、明日、夜があけましたら、せめてのたむけとして、妖狐の怨念、少しなりとも鎮まるように、あの石に何か御存じの経でも唱えてくだされば、ありがたく存じます。

五

〽不思議やな
　この石二つに割れ
　光の中（うち）をよく見れば
　野干（やかん）の形はありながら
　さも恐ろしき人体なり

道満は、囲炉裏の横に、仰向けになって眼を閉じている。

左側が囲炉裏で、頭をのせているのは、しばらく前までその上に座していた円座（わらざ）であった。

背にあたっているのは、床の板だ。

家の裏手にある石のいわれについて、女が物語りを終えた時には、もう、月が高くのぼっていた。

何故、それがわかったのかというと、土壁の割れ目や、屋根の隙き間から入り込んでくる細い月の影の色が青く澄んでおり、黄色い色ではなくなっていたからだ。さらに言えば、屋根の隙き間から斜めに差し込んで壁にあたっていた月影が、その時は、直接床まで届いていたからである。

「旅でお疲れのところ、うっかり長話をしてしまいました。そろそろ、おやすみいたしましょう」

女が、そう声をかけてきたので、互いにやすむことになったのである。

「おれは、ここでよい」

道満は、そう言って、囲炉裏の横で、ごろりとそのまま仰向けになったのであった。

女は、椀や箸などをかたづけた後、

「では、わたくしは、あちらでやすむことにいたしましょう」

そう告げて、奥の間へと続く遣戸(やりど)を開け、その奥に姿を消したのである。

そのおり、女は、道満を見つめ、

「ひとつ、お願いがござります」

遣戸に手をかけた状態で、このように言った。

「何だね」

「わたくし、たいへん寝ぞうが悪うござりますれば、寝乱れた姿を見せたくありません。どうぞ、この奥の間を覗いたりしないように、お願い申し上げます」

「承知じゃ」

「絶対にですよ」

「むろん」

道満がそうこたえると、女は、安心したように、奥の間へ姿を消したのであった。

しばらく前に、そのようなことがあったのである。

あれから、そこそこの刻が過ぎている。

燈りは、すでに消されていて、明るいものと言えば、破れ屋根や壁の隙き間から差し込んでくる月光と、炎の消えてしまった、囲炉裏の薪である。焚き木には、火こそあがっていないものの、まだ熾（おき）が残っていて、ほのかな赤い光を周囲に放っているのである。

月光と熾の明り――

夜目の利く道満にとっては、まずまずの明りと言えた。

道満は、眼を閉じ、仰向けになったまま、まだ眠らずにいる。

赤い熾火が、道満の傍で静かに呼吸している。

その熾火の呼吸を数えるように、道満は周囲の気配に意識を向けている。

家の外で、何ものかが動きまわっている気配がある。

しかし、その気配は、家の中に入ってこようとはしない。

ち……
ち……
ち……
という、幽かな、音のようで音でない声。
小さな、米粒ほどの虫の鳴くような声。
よく耳を澄ませば、それは、何者かの囁く声のようでもある。
はじまるよ……
はじまるよ……
いつ？
じきに…………
もうすぐ……
もうすぐね……
もののけたちの声である。
むろん、常人には聴こえない。
ほら……
ね……
その声が聴こえた時、その音が、道満の耳に届いてきたのである。

くちゃ……
くちゃ……
という音だ。
これは、現実の音であった。
低く、微かではあるが、現実のものということでは間違いがない。
くちゃ……
くちゃ……
みりっ……
くちゃ……
何の音か。
みりっ……
こつん……
くちゃ……
くちゃ……
わかった。
何者かが、何かを食べている音だ。
たれかが、この闇の中のどこかで、何かを食べているのである。

どこから聴こえてくるのか。
道満は、眼を開いた。
奥の間だ。
あの、女が消えた奥の間から、その音は聴こえてくるのである。
ゆっくりと、道満は身を起こした。
左の、囲炉裏の縁に、まだ黄金の杯が置かれている。
道満は、それにちらりと視線を向けただけで、
ふん……
半立ちになった。
片膝を立て、まだ、腰を床近くに残している。
顔を、奥の間へと続く遣戸へ向け、凝っと闇の様子をうかがった。
こつん……
こりっ……
くちゃ……
くちゃ……
みりっ……
音は、まだ聴こえている。

道満の唇の両端に、凄まじい笑みが浮いた。

道満が立ちあがる。

歩き出した。

床を踏んでも、板は、みしりとも音をたてない。

遣戸の前に立ち、戸に手をかけ……

「ごめん……」

すうっと横に引いた。

ものすごい腐臭が、道満の顔を叩いた。

闇の中に、女が座していた。

燈りがひとつ、女の傍に点っている。

女は、両手に持ったものを、直接口に運び、それを嚙(かじ)っていたのである。

それは、腐った人の腕であった。

燈りのうちに見やれば、女の周囲には、人の屍骸が累々と散らばり、もの凄まじい景色となっている。

こりっ、
こつん、
というのは、骨を嚙る音で、

みりっ、
というのは、肉を骨からひきはがす音だ。
そして、
くちゃ、
くちゃ、
というのは、女が肉を咀嚼(そしゃく)する音であった。
女が、顔をあげた。
顔にかかった、乱れた髪の間から、こわい眸が、ぎろり、と道満を睨んだ。
「あれほど見るなと申しあげましたのに……」
女の顔に、なんとも言えぬ哀しそうな笑みが浮かんだ。
「恥ずかしや。ようも、わがあさましき姿をご覧(らん)じなされましたな……」
女の手から腕が落ちる。
女が立ちあがった。
ゆらゆらと、道満に近づいてくる。
道満は動かない。
女が、道満の前に立った。
「のうのう、道満法師どの……」

顔を近づけてきた。

甘やかな、香ぐわしい息が、道満にかかる。

その薫りの中に、微かに、それまで女が嚙っていた肉の腐臭が混ざっている。

「そなたの望みは何じゃえ……」

女が、道満の耳元に、赤い唇をよせて囁く。

「若さかえ……」

赤い舌が、道満の左耳を舐める。

生温かい温度が、道満の耳から脳内に流れ込んでくる。

道満の左手を、女の右手が握る。

「それとも……」

道満の左手が、女の襟の間に誘い込まれた。

「女かえ……」

耳に、女の声が注ぎ込まれる。

「それとも、これかえ……」

女が言うと、梁の上から、きらきらと光りながら、こぼれ落ちてくるものがあった。

大量の砂金であった。

どすん、

ころん、

と、床に積もった砂金の上に、黄金の壺や杯が、いくつも落ちた。

「何用があって、ここまでやってきたのかは知らぬが、これをみな、そなたにくれてやろうではないか。若さも、女も、黄金も。どうだえ。たいへんな験力(げんりき)の持ち主であるとはわかっている。わらわと共に、この世の快楽(けらく)を、心ゆくまで味わってみる気はないかえ。この世のものたちを統(す)べ、その上に我らが立つのじゃ……」

ふん……

道満は、小さく笑ったようであった。

「どうした、何が不満じゃ……」

「つまらぬ……」

「つまらぬ？」

「おれにとっては、どれも、今は遠いものばかりじゃ……」

「これが、いらぬと申すか。若さもか。今一度、野山を走りまわり、今一度、恋もし、好いた女と心ゆくまで添うこともできるのだぞ……」

「嗚呼(ああ)……」

道満の眼から、涙が溢れている。

道満は、無言である。

「どうした。その涙は何ぞ……」

「かなしいのう、かなしいのう……」

「何じゃ、かなしいのは、我のことか。そなたのことか――」

「この世にあるもの全てよ。生あるもの全てよ……」

「どうした。ぬしには欲望はないのか。何も欲しいものがないと……」

「勘違いするな。女よ、おれほど欲深きものはない。おれは、それをようわかっておる……」

道満は、苦しそうに身をよじった。

「では、何故にいらぬと……」

「いらぬとは、言うておらぬ。遠いと言うたのさ――」

「――」

「女よ。哀れなる女よ。玉藻よ……」

「何故、我がこと玉藻と……」

「会うた時からわかっておるさ。玉藻よ、そなたもおれと同類じゃ……」

「なに⁉」

「力に恋焦がれた時もあったわ。狂うほどに人恋しき時もあった。しかし、それも遥か昔のことじゃ……」

「――」

「言え、女よ。二年ほども前、ここに玄能という法師が来たであろう」

「その玄能、そなたの何なのじゃ」

「我が同胞よ。古い馴じみの男でな。二年も前、未知国の人に祟る石を鎮めにゆくと言うてな。播磨を出ていったままじゃ。もどらぬ時は、死したると思えと言い残してな——」

「もどらぬ時は、さがしてくれと？」

　言われて、道満は、乾いた声で笑った。

「馬鹿な。我らもののけの如きものに、そのようなつきあいはない。興味を覚えただけじゃ」

「興味とな」

「そうさ。玄能、この道ではなかなかの手練れでな。その手練れが、行ったままもどらぬ。これは、いかほどのものを相手にしたのか、それに興味を覚えたまでじゃ。言うなれば、退屈しのぎよ。死するまでの時を、いかにして潰すかのな」

「——」

「玄能め、がらにもなく、お上からこの石の話を耳にして、勝手に出かけたのさ。あやつもまた、時をもてあましておったでな。おもしろそうじゃと、独りで行ってしまったのじゃ——」

「ははあ、なるほど、道満どの、ぬしゃ、あの男の仲間であったのか——」

「仲間ではない」

「いずれでもよいわ」

「言え、玄能はどうしたのじゃ。今、どこにおる？」

「どうしたかじゃと。今、どこにおるかじゃと？」

玉藻は、けらけらと嗤った。

「やつはな、もう少しで、そなたの腹に入るところであった。あの、ぬしが喰わなかった鍋の肉が、玄能法師さまじゃ。あやつ以来、とんと、人が来ぬようになったでな。肉を乾してとっておき、人の肉恋しき時は、ああやって食べるのさあ。今、我が喰うていたのも、あやつの腕よ。今夜、あたらしい肉が手に入るでな。残った肉も全部食べてしまおうと思うたまで――」

「なんと……」

「ぬしも、我を調伏に来やったか」

「おれは、調伏などに興味はない。酒ならば飲むがな」

「信用すると思うか――」

「せぬであろうな」

「このわしが、ぬしに興味を覚えたは、ぬしに、どうして欲望がないのかということじゃ。あの玄能法師も、わしが誘うたら、みごとにあそこを大きくしおったわ。わが乳を摑み、わが乳を吸うて、黄金の杯を懐に入れたわ。なんともたやすく、憑りて啖うてやったわい。しかし、ぬしは、どうじゃ。人なら皆、欲を持つ。欲あるものが人じゃ。ぬしは、どうして、欲が見えぬのじゃ……」

「言うたであろう。おれは、欲が深すぎるとな。欲が大きすぎて、ぬしには見えぬのじゃ……」

「では、このわしをなんとする？」

「どうもせぬ。酒ならば、つきあおう」

「あやつ、玄能の仇をとろうとは――」

「思うものか、おれは、蘆屋道満ぞ」

「このわしの身体が、欲しゅうはないのかえ――」

「このおれに惚れたというのなら――」

「抱きたいか」

「おまえは、おれに惚れてはおらぬ」

「なに!?」

「怯えておる」

「まさかよ。千年、二千年、三千年、歳経たこの我が、どうして、人なぞに怯える。ぬしこそ我に怯えておるのではないか――」

「おれは、蘆屋道満ぞ。地獄の獄卒はわが同胞にして、閻魔はわが知己じゃ。もはや、おそれるものなぞこの世にないわ」

「――」

「さあ、来よ。酒くらいはあろうが。朝まで物語しながら、飲もうではないか――」

「本気か」

「むろん」

道満が答えると、玉藻は少し押し黙り、

「わかった。飲もう……」

そう言って、道満に近づいてきた。

「さあ……」

道満が、右手を差し出すと、おずおずと玉藻が手を伸ばしてきた。

そして——

いきなり、玉藻の右手が、道満の右手をつかんで引きよせた。

玉藻の口が、かっ、と開いて、尖った白い歯が、道満の喉に嚙みついてきた。

ざわっ、
と、玉藻の髪が立ちあがり、髪の間から、いくつもの獣の顎が這い出てきて、道満の頭と言わず、肩と言わず、身体中に嚙みついてきた。

その数、全部で七つ。

本来の頭部を入れれば、八っつ。

「わははは。騙されるものかよ。そんなにたやすく、この我が、人にたぶらかされるかよ……」

玉藻の頭の後ろから声がする。

と——

「やや」

玉藻が声をあげた。

無数の顎が牙を立てていたものが、いつの間にか、白い紙の人形（ひとがた）にかわっていたのである。

「む、むむう……」

声に出した玉藻が、どさりと前に倒れ伏した。

そして、動かなくなった。

その背に、一枚の呪符が、貼りつけられていた。

その足元に、道満が立っていた。

「酒を飲もうと言うたは、本気であったによ……」

道満がつぶやく。

すると、

ふふ……

くく……

かか……

という声が聴こえてきた。

笑い声だ。

倒れ伏した玉藻の頭の後ろ——髪の毛の中から、その笑い声が聴こえてくるのである。

腰を落とし、片膝をついて、その髪を指でかきわけてやると、そこから、女の顔が現われた。

九つ目の顔——頭部であった。

「ふははははは……」

「くかかかか……」

「ひいひひひ……」

その顔が、道満を見あげて嗤(わら)っているのである。

「これはこれは、道満どの、礼を言いまするぞ……」

「礼?」

「そなたによって、ようやく我は、封印が解かれたということじゃ。これまで、ここにやってきた者たちは、いずれも力の弱い者ばかり。この我の封印を解ける者なぞひとりもいなかった。それがどうじゃ、今、ぬしのおかげで我はようやっと自由になることができる。百年前、我をこの女の身体の中に封印したのは滋岳川人じゃ。心をこの女に。我が身体は、あの石の内に。じゃによって、この女——つまり、我が心の方は、我が身体の封じられているあの石より、五間も遠く離れることができなかった。しかし、今、ようやくこの女が死んで、その肉から離れ、自らの身体とひとつになることができるのじゃ——」

ふふ……

くく……

と嗤っていた女の唇と、そして、眼が閉じられた。

「いかん……」

道満が、思わずそう言った時、女の身体から、青く光る煙のごときものが立ち昇った。

それは、空中にふわりと浮きあがり、つうっと流れて、奥の土壁にぶつかって、
ぽっ、
音をたてて壁を抜けて、そして、消えた。

道満が立ちあがった時、家の裏手から、
ビシャン！

という、大きな音が響いてきた。

「ちいっ」

道満は、この家の入口に向かって走った。

外へ出て、家の裏手にまわった。

中天に昇った月明りの中に、それは見えた。

家の裏手にあったあの巨大な方形の石が、真ん中からきれいにふたつに割れて、青い月光の中に、静かに妖しく輝いていたのである。

六

〽身をなにとなすのの原に
現はれ出でしを狩(か)り人(びと)の
追(お)ふつまくつつさくりにつけて
矢の下に射伏せられて
即時に命を徒(いたずら)に
なすのの原の
露と消えてもなほ執心(しゅうしん)は
この野に残つて
殺生石となつて
人を取ること多年なれども

中心からふたつに割れた、大きな方形の石の前に立って、

「しくじったかよ……」

道満がつぶやいた時、左右に割れた石の中ほどに、ほの白く光るものがあった。

それが、ゆっくりと、石の中から歩み出てきた。

それは、一頭の、牛ほどもある大きな狐であった。

ただの狐ではない。

九首九尾の狐であった。

大きなひとつの頭を囲んで、その周囲に八っつの頭部が生えていた。

さらに、白いみごとな毛皮の尾が九本。

それが、道満の前で、足を止めた。

「礼を申しまするぞ、道満どの……」

狐が言った。

「礼なぞいらぬわ。皛麗山(ふりさん)の聾姪(りようしつ)よ」

道満が言う。

「ほう、我が名を聾姪と知るか――」

「『山海経(せんがいきよう)』にその名があるではないか。殷の時には妲己(だつき)として、国を滅ぼし、周の幽王(ゆうおう)も騙したであろう……」

「よう知っておる……」

「唐の頃、国にいられなくなり、女に化けて吉備真備(きびのまきび)が倭国にもどる船に乗って、この国まで渡ってきたのがそなたであろう」

「いかにも」

九首九尾の狐は言った。

「だがな、少し違うところがあるぞえ、道満どの……」

「何がじゃ」

「殷を滅したのは、我ではない。あれは人が滅したのじゃ。人が、自らの欲望で、自らの国を滅しただけのこと。わらわがしたのは、その欲望を啖うただけのことじゃ。啖うても、啖うても、人の欲望はとめどなく、人の欲によって、生まれ、育てられたのが、このわらわぞ。この国とて同じこと。もともと、人の欲望によって作りあげられ、育てられた、このわらわを、たかだか百年石の中に閉じ込めて、それがいかほどのことであろうか。人の欲望やむことがないのに、このわらわのみを閉じ込めたとて、どうにもなることではない……」

言われた道満、からからと笑った。

「その通りじゃ」

「なに!?」

「靇姫を閉じ込めて、どうにかしようなぞとはてさて、滋岳川人も愚かなことをしたものよ。ぬしではなく、人をこそ、封ずればよかったものを……」

「ほう?」

「しかし、人は限りない。ひとり、ふたり、いや、千人万人を石の中に封じたとて、それでは足りぬ。全ての人を封ぜぬ限り、無理な話じゃ。人は欲を持つ者、欲を持つのが人じゃからなあ……」

「ぬしも、人であろうがよ、道満どの……」

「そうじゃ。我は人で、しかし、人ではない。我は生きながらもののけの仲間となったものじゃ……」

「おもしろし、道満」

「愉快なり」

「うむ」

「うむ」

「そなたを喰いとうなったぞえ、道満どの……」

「やめとけ」

「さきほどは、ぬし、自分は欲が深すぎると言うていたな」

「いかにも」

「ぬしの欲望、このわらわが喰うてやろう。外へ出て、百年ぶりの、直に喰う人がぬしであれば、その験力を我がものにして、京の都へもひと飛びぞ」

「行ってどうする？」

「人の欲を、思うさま、また喰うてみたくてなあ」

「やめとけ」

「何故じゃ」

「京には、このおれなぞより手強い漢がおるぞ――」

「ほう、おもしろいではないか。どこのたれじゃ」

「土御門に住む、陰陽師じゃ」

「では、ぬしのあとに、その陰陽師を啖うとするかよ」

「まあ、無理だな」

「何故じゃ」

「ぬしには、この道満を啖うこと、できぬからじゃ」

「なんと――」

「おれを喰うのはやめて、京へゆけ。ならば、黙ってゆかせてやろう。おれは、ぬしが土御門の陰陽師を喰うことができるかどうか、それを見物してやろう」

「いや、ますますおまえを、今ここで喰いとうなったぞえ」

「ばかなことじゃ」

「喰う」

「おもしろいぞ、おもしろいぞ。ならば、このおれを、道満を、喰うてみるか。今、ここで――」

「おう」

「ならば、啖うてみよ」

道満は、月光の中で、大きく両腕を広げてみせた。

「よい覚悟じゃ」

璽姪が、前に出た。

九本の尾が、ざあっと、璽姪の背中ごしに前へ出て、その尾の先が、道満の周囲を囲むように地面に突き立った。

「さあ、もう逃れられぬぞえ」

九つの口が、同時に道満の頭、肩、上半身に嚙みついてきた。

牙が、次々に、道満の肉に喰い込んでゆく。

そのように見えた。

が——

道満は、牙を打ち込まれながら、笑みを浮かべていた。

どこからも、血は流れていない。

「さあ、どうした、啖うてみよ」

むむ。

むむ。

道満に嚙みついた口が、歯がみしながら唸る。

一番大きな頭部が、道満の身体から牙を離し、

「す、吸えぬ」

そう言った。

「ど、どうしたことじゃ。道満、ぬしの身体は、何もない巨大なる虚ではないか。喰うべき欲が、いずくにもない」

呵、
呵、
と、道満は嗤った。

「さあ、啖え。その虚こそが、我が欲の本体ぞ」

道満は、広げていた両腕を閉じるようにして、饕姪の頭を抱え込んだ。

「おう、おう、愛しやのう、饕姪どの――」

その頭に頬ずりりする。

そして、頭を抱えたまま、歩き出した。

饕姪が、じわじわと退がる。

その退がってゆく先は、饕姪が歩み出てきたばかりの石の割れ目である。

「や、やめよ、道満どの」

「ふははは。この道満を相手にした以上は、覚悟せよ、饕姪どの」

道満と、蠪姪が、石の割れ目の中へ入ってゆく。

すると、ふたつに割れていた石が、ふたりが入ってゆくにつれて、ゆるゆると閉じはじめた。

「やめよ、やめよ、道満。このままでは、ぬしもまたこの石の中に閉じ込められてしまうぞ」

「よいではないか。おれはそれでかまわぬ」

「ま、待て」

「待たぬ」

石が、ゆるゆると、さらに閉じてゆく。

「と、取りひきじゃ、道満。ここはぬしの好きなようにしようではないか、どうじゃ」

「ならば、蠪姪どの。このおれに憑(つ)け」

「ぬしに、憑く？」

「そうじゃ。我が肉につけ。我が虚(うつろ)の中に、ぬしを飼(こ)うてやろうではないか。ぬしが強ければ、あの女のように、このおれを好きなように操ればよい。おれが強ければ、ぬしの力をこのおれがもらう」

「おう、試さいでか」

「さあ、来よ。早くせぬと、石が閉まるぞ」

「ゆく」

「来い」

ふたりの声が重なった。

七

〽今遇ひがたき御法（みのり）を受けて
この後（のち）悪事を致（いた）すこと
あるべからずとおん僧に
約束堅き石となつて
約束堅き石となつて
鬼神（きじん）の姿は失せにけり

道満は、ただ独り、月光の中に立っている。

青い光に濡れそぼち、月の光が道満の身体から、地に滴（したた）り落ちているようであった。

すでに石は閉じ、甕姪の身体は、もとのように石の中に閉じ込められている。

道満が身につけた、道服に似た黒い水干か、道服らしきものの胸のあたりが、わさわさと揺れている。

「静かにせよ、甕姪どの――」

道満は、懐に右手を入れて、そこから一羽の鳥を摑み出した。

足を摑んで、烏を逆さにしている。

「騙しゃったな、騙しゃったな、道満」

烏が、高い声で、喚いている。

「これは、森の中に落ちていたのを見つけて、懐に入れていた烏じゃ。虫の息であったのが、
甕姪どの、ぬしが憑いたので元気になったわ」

「よくも、よくも、道満、こんなものに憑かせおって……」

「あの石の中に、心まで閉じ込められるよりは、よほどよかろう」

「呪うてやるぞえ。呪うてやるぞえ。死ぬまでぬしに祟り続けてやるぞえ」

「それは楽しみじゃ」

くわわわあっ、
と、甕姪は鳴いた。

「甕姪どの、これからぬしは、我が式神じゃ。この道満が、式神として使うてやる。こんなところで、人を喰うているより、よほどおもしろいぞ。京へも連れていってやろう。このおれより喰えぬ、土御門の陰陽師にも会わせてやろう。隙あらば、好きな時にこの道満を憑り殺せばよい。さすれば、ぬしは自由じゃ」

「おう。油断するなよ、道満。いつでも隙あらば、ぬしを、ぬしを……」

「好きにせよ」

道満は、烏を空に向かって放り投げた。
くわあっ、
くわあっ、
と鳴いて、いったんは飛び去ろうとした烏であったが、
「もどれ」
道満が言うと、はたはたと翼を振って、烏はもどってきて、道満の頭上で旋回した。
く、
く、
く、
と、道満は、楽しそうに笑った。
「京へ帰って、あやつらに酒でも馳走になるとするかよ」
小さくつぶやいて、道満は、くつくつと笑いながら、歩き出した。
その頭上を、
くわあっ、
くわあっ、
鳴きながら、烏がついてくる。
道満は、笑い続けていた。

哪吒太子

一

梅雨があけたのである。

あけた途端に、青い空が広がり、ほどよい風が吹きはじめた。

ただ、暑い。

風さえあれば、木陰でその暑さをしのぐこともできるが、日差しから隠れる場所のない大路や野原では、ただひたすらに暑いだけである。

ただし、水の中は別だ。

露子は、水に膝まで浸かっている。

白い小袖の袂をあげ、襷掛けにして、衣の裾を持ちあげ、川に入っているのである。

紙屋川(かみやがわ)だ。

水は澄んでいて、水中でも、露子の白い素足が眩しく光っている。

「そこよ、けら男(お)、そこはまだ笊(ざる)を入れてないわ」

言われたのは、露子より少し下流にいる十歳になったかどうかと見える、やんちゃそうな子供——けら男である。

手に笊を持ったけら男が、身をかがめて、笊を水中に入れ、底の泥に差し込んで、右足で上流側の泥を掻きまわす。

澄んだ水が、たちまち茶色く濁った。

けら男は笊を持ちあげると、

「いるぜ、いるぜ」

大きな声をあげた。

笊の中で、くねくねと身体を動かしているのは、泥鰌(どじょう)である。

全部で六尾いる。

他に小鮒(こぶな)が三尾。

「どぜうに、ふなも入ってるぜ」

けら男の横で、嬉々としてそう言ったのは、左手にぶら下げた魚籠(びく)を、半分水中につけたいなご麿(まろ)である。けら男とあまりかわらない歳頃の子供だった。

「やっぱりね」

嬉しそうにそう言った露子は、十八歳になる。

四条大路に屋敷を構えている橘実之の娘なのだが、同じ歳頃の女のように、御簾の向こうに姿を隠していたり、外へ出る時も被衣で顔を隠したり、ということをしない。

長い髪を、頭の後ろで束ねているのだが、そのなりも、男のようである。

見ただけでは、十四、五歳の少年のように思える。

しばらく前までは、

「露子や、そろそろ、普通の娘らしく、歌のことを学んだり、宮中の作法を教わったり、いろいろ人がましいことをやってほしいのだがねえ――」

と、父である実之が言うこともあったのだが、この頃はそんなことも言わなくなった。

「おまえは、本当に、虫や蟲のことが好きなのだねえ」

この実之の嘆息には、もうあきらめが混ざっているのだが、実之は実之なりに、娘のことを愛しているらしい。

「もう、今ごろは、田で卵を産み終えて、どぜうが川にもどってるころだって言ったでしょう」

けら男といなご麿が、笊の中で身をくねらせている泥鰌を摑んで、魚籠の中に入れている。

川岸の草の中に、黒い水干を身に纏った男が立って、三人の様子を眺めているらしい。らしいというのは、被った烏帽子の前面から、四角い黒い布が垂れ下がっていて、その顔を隠しているからである。

身につけているのは、ただの水干ではない。というのは、背中側――ちょうど左右の肩甲骨のあたりに一本ずつ、つまり二本の裂け目が入っているからである。

男の背後には、桜の樹が生えていて、男は、その葉桜の梢が作った影の中に立っている。

「もう、これぐらいでいいかしら――」

露子は、額の汗を、白い左手の甲でぬぐった。

露子の白いふくらはぎを、冷たい澄明な水が撫でてゆく。

「まだまだ捕れるぜ、露子よう」

「もっと捕って、家に持って帰って、こいつを喰おうぜ」

「お父も、おっ母あも喜ぶぜえ」

「うん」

けら男といなご麿の口調は、同じ歳頃の遊び仲間と話す時のように遠慮がない。

露子の方が齢上で、しかも身分から言えばやんごとない家の姫であるのだが、露子がそういうことに頓着しないので、普通にこのような口調になってしまったのである。

他にも、ひき麿、雨彦といった、似た歳頃の仲間がいるのだが、今日はふたりの顔は見えない。

四人とも、口のきき方はぶっきらぼうだが、露子のことが好きで好きでたまらぬらしく、このむしめづる姫の言うことは、何でもよく聞くのである。

「これくらいでいいの。けら男といなご麿の家で今夜食べるのにちょうどいいぐあいよ。それ以上はいらないの」

「露子よう、おまえんとこじゃ、このどぜうは食わんのかよう」

「家では食べるけど、今日捕ったこのどぜうは食べないわ」

「食べないで、どうするんだよ」

「飼うのよ。飼って、いろいろ眺めてね、たくさんのことを教えてもらうの」

「どぜうにかよ」

「そう。それがおもしろいの」

「どぜうがしゃべるのか」

「しゃべるわ。どぜうだけじゃなくて、花だって草だって、蟻だって、しゃべって、いろんなことをわたしに教えてくれるのよ」

「ああ、また露子のおしゃべりが始まっちゃったよ」

「はじまった、はじまった」

「なによ」

「おこるなよう、露子よう」

「そうだ、おこるなよ」

三人の会話は、楽しそうである。

「さあ、あがりましょう」

そう言って、上流に身体を向けた露子が、

「まあ……」

踏み出しかけた左足を、水中で止めていた。

露子が声をあげたのも無理はない。

露子のすぐ眼の前に、人が立っていたからである。

しかも、その人というのが、大人というよりも子供――いや、十三、四歳の少年だったからである。なお言えば、その少年は、露子のように、水中の川底に立っていたのではなく水の上――水面より少し上の空中に立っていたからである。

「な、なんだ、おまえ」

「いつ、来たのだ」

けら男といいなご麿も、驚いたということでは、露子と同じであった。

しかも、その少年は、どうやら異国のものらしい戦装束に身をかためていたのである。

腰から膝上までの、白い袴の如きものを穿き、両の脛はむきだしで、素足であった。

胸から腹にかけては、金で縁どりされた、腹がけに似た青い胴当のようなものを身につけていた。金属のようにも、何かの布のごときものとも見えた。

その青い胴当の中央に、蓮の花と葉が描かれている。

腰に巻いているのは、革の上に黄金と見える飾りをあしらった帯であった。

帯の左腰からは、刀(とう)が横にぶら下げられ、帯の右腰あたりには、二重三重にまかれて、輪になった縄がぶら下げられていた。


刀より少し後方には白い布のようなものが巻きつけられている。背に斜めに負っているのは、剣で、その柄(つか)はちょうど右肩のあたりにあった。何かあれば、すぐにでも、右手でその柄を握ることができる。


そして、右手首と左手首には、金属の輪が嵌められていた。

さらに、石突(いしづき)を水に突き立てるようにして、少年は一本の槍を、その左手に握っていたのである。


頭の左右には、髪をふたつに分けて結いあげられた髷(まげ)がひとつずつ——つまり、ふたつ、ちょこんと乗っている。

いかめしそうに、眉をひそめてはいるが、その顔には、まだあどけなさが、残っていた。

そして、よくよく見れば、少年の素足の下に、左右ひとつずつ、合わせてふたつの車輪が回転しており、足はその車輪の上に乗っているのである。


車輪の径は、三寸ほどで、その下部は、水面より一寸半ほど上に浮いているのである。さらに、車輪の上に乗っていると見える足も、実は車輪の上部より、一寸半ほど上に浮いているのであった。

いったいどのような原理をもって、そのようなことになっているのか。

ふたつの車輪からは、小さな赤い炎がちろちろと幾つも湧き出ている。その炎の動きや、川の流れによって、水面に自然に生じているさざ波とは別に、車輪の下に生まれ続けて広がってゆく波紋を見ると、その車輪からは風のようなものまで出ているらしい。

「あなたはどなた、どこからいらしたの？――」

露子が訊ねると、

「僕(わたし)の名は、哪吒(なた)。海の向こうの国からやってきました」

「海の向こうって、それは唐の国ってこと？」

「そうです」

「でも、とても遠い国よ。昔、阿倍仲麻呂(あべのなかまろ)さまや、空海(くうかい)さまがいらっしゃったところよ。いったいどうやっていらしたの？」

「空を飛んで――」

少年の足の下の車輪が、
ふうううん……

と回転速度をあげて、少年の身体が、六尺ほど宙に浮きあがった。

車輪から出ている炎が強くなり、風も強くなったようであった。

「まあ」

露子が驚くと、少年は再びもとの場所までもどってきて、また、水面のやや上に浮いた。

「どうじゃ、男(お)の童子(わらわ)よ」

「なによ、男の童子(わらわ)って。わたしは女よ。それに童子(わらわ)でもない、十八よ」

「僕(わたし)から見れば、十八も二十歳も童子(わらわ)と同じじゃ。僕(わたし)は、今、千と八百八十八歳だからなあ」

哪吒が、心もち胸を反らせている。

「本当に？」

「嘘なぞつかぬ」

哪吒が、きっぱりと言った。

露子はしげしげと、哪吒を見つめてから、

「それで、何の御用なの？」

「捜しものをしておりました」

哪吒の口調が、また、丁寧になった。

「捜しもの？」

「あるものを捜して空を渡っていたところ、あやしき気配を感じて下りてきたのですが、どうやら、あなたではないようだ——」

声は、少年のように高いが、その口調は顔つきに似合わず、大人びている。

少年——哪吒は、けら男といなご麿を見やり、

「そこのふたりでもないようですね」

その眼が動いて、次に桜の樹の下に立っている黒い水干を着た男の上で止まった。

「おまえか」

哪吒が言った。

「何のこと、黒丸(くろまる)がどうかしたの？」

「女(むすめ)よ、もう心配することはありませんよ。この僕(わたし)は、三百年以上も昔、斉天大聖(せいてんたいせい)と名のる石猿が化した妖魔と闘って、これをこらしめてやったこともありますからね。危ないから、そこを動いてはなりませんよ」

哪吒の身体が、またもや宙に浮きあがった。

黒い水干の男——黒丸の前、水面から三尺の宙に浮いて、哪吒は、右腰にぶら下げられていた縄を取りあげ、左手に持っていた槍を、そのまま下に投げ落とした。

槍の石突が、川底に突き立った。

「いかに姿を変えたとて、この妖しき瘴気(しょうき)、僕(わたし)の眼はごまかせませんよ」

びゅう、
と、音をたてて、その縄を振った。

「何をするの、わたしの黒丸をどうするつもり⁉」

露子が叫んでいる間にも、縄の先がするすると黒丸に向かって伸びてゆく。

その首に、縄が巻きつくかと見えた時、黒丸が横に跳んで逃げた。

縄の先が、黒丸の顔を隠していた黒い布にからみついて、それを引き裂いた。

黒丸の顔が、あらわになった。

顔白く、紅を塗ったように、唇が赤い。あらわれた両眼は、蝶と同じ眼の複眼であり、緑色をしていた。

「やはり、妖しのものだな」

伸びた縄が、哪吒の方へもどってゆく。

その間に、黒丸の水干の背にあるふたつの裂け目から、黒い木の葉のごときものが伸びてきた。伸びるそばから、それが広がってゆく。

黒丸の背から生え出てきたのは、大きな黒い蝶の羽根であった。

それを、ひとふり、ふたふりすると、黒丸の身体が、宙に浮きあがった。

「おう、これはおもしろし。ならばこれはどうじゃ――」

哪吒が、縄をひと振りすると、今度は、縄先が横なぐりに、黒丸の頭部を襲ってきた。

その時――

黒丸の口が、かっ、と開かれ、そこからひと筋の白いものが吐き出された。

それは、糸であった。

その糸が、宙で縄をからめとった。

「む」

と、哪吒が縄を引いた。

糸と縄とが、ぴん、と張って、哪吒と黒丸の間で一直線になる。

「やめなさい、ふたりとも！」

露子が、大きな声で叫んだ。

二

梅雨があけたとたんに、蟬が鳴きだした。

陽差しの中で蟬の声を耳にしていると、暑さがさらに増したように思える。

午後になり、陽が傾いてくれれば、多少は暑さが緩んでくるものの、それでも陽のあたる場所へは出たくない。

土御門大路(つちみかどおおじ)にある晴明(せいめい)の屋敷——

簀子(すのこ)の上に座して、晴明と博雅(ひろまさ)は酒を飲んでいる。

肴は、鴨川で捕れた鮎を焼いたものだ。

簀子の上に直接皿を置いて、その皿の上に焼いた鮎が二尾載っている。最初は四尾の鮎が載っていたのだが、二尾は、すでにふたりの腹の中におさまっている。

千手の忠輔という鵜匠から、昼前届いたものだ。

それを肴に一杯やらぬかという文が、晴明から博雅に届けられて、しばらく前に、いそいそと博雅がやってきたところであった。

ふたりが座しているのは、ちょうど簀子の上に軒が影を落としているところであった。昼を過ぎてから、ほどのよい風が吹きはじめたので、陽陰にいれば、わずかながら涼がとれるのである。

ふたりが酒を飲むのに使っているのは、唐から渡ってきた瑠璃の盃である。薄く緑色を含んだその瑠璃の色が、なんとも涼やかだった。

「ところで、博雅よ」

晴明は、干したばかりの瑠璃の盃を、簀子の上に置きながら言った。

「なんだ、晴明」

博雅は、まだ酒の残っている盃を手にしたまま、晴明を見やった。

ふたりの傍に座した蜜虫が、瓶子を手にして、空になったばかりの晴明の盃に、冷たい酒を注ぎ入れる。

「藤原兼家殿のことだが、何か聞きおよんでいるか――」

「このところ、御悩とのことで、ひと月近く昇殿なされておらぬという話だが、それがどうしたのだ」

「他には？」

「他にはって、まだ何かあるのか」

「ある」

「何があるのだ」

「兼家殿、このところたいへんな食欲で、一日中何かしらめしあがっているらしい」

「一日中？」

「眠っている時と、あちらのほうの時以外はということだ」

「あちら？」

「女さ」

「おんな？」

「うむ」

「それはつまり、昇殿せぬのは、御悩が原因ではなく、ものを食うているからと、そういうことか——」

「ああ。ものを食うて、色ごとに耽(ふ)けるというのが御悩ということなら、まさしく病(やまい)が原因ということになるのやもしれぬがな……」

「兼家殿の色ごとのことであれば、それはいつものことであろう。しかし——」

「しかし？」

「一日中食べ続けるというが、そんなことができるのか」

「兼家殿は、できているということなのだろうな」

「だが、晴明よ、おまえ、どうしてそのようなことまで知っているのだ」

「忠輔殿が教えてくれたのだ」

「では、忠輔殿は、どうしてそのようなことまで知っているのだ」

「屋敷の者から耳にしたと言うていたな……」

「屋敷の者とは、それは兼家殿の屋敷の者ということか——」

「うむ」

晴明はうなずいて、簀子の上から、あらたに酒の満たされた盃を手にとった。

「実は、この五日で、忠輔殿、頼まれて三百尾の鮎を兼家殿の屋敷へとどけたらしい。昨日、届けたのが五十尾——その時に、屋敷の者が、〝御苦労であった、どうせ、この鮎も兼家さまが全部お食べになってしまうのであろうがな〟と言うていたということだな……」

言い終えて、晴明は、瑠璃の盃を口元まで運び、ひと口、ふた口、うまそうに酒を飲んだ。

「このひと月、食べ続けているというのは？」

「兼家殿の屋敷の者から、じかに耳にした」

「なに？」

「実は、忠輔殿が帰った後、つまり博雅よ、おまえのくる少し前に、兼家殿の屋敷の者がやってきて、このおれに、どうか助けてはくれまいかと言うてきたのさ」

「――」

「それが、兼家殿の食の件でな、このまま食べ続ければ、兼家殿、お太りあそばされて、もう数日で死んでしまうかもしれぬというのさ」

「ほう？」

「しかも、この数日、太る以外に、お姿の方まで、おかしくなってきているのだと――」

「姿？」

「こういうことさ」

晴明は、盃に残った酒を干し、やってきた兼家の屋敷の者が語ったという話をしはじめた。

三

兼家がおかしくなったのは、ひと月ほど前からである。

その朝、目覚めた時に、まず口にしたのが、

「腹が減った」

という言葉であった。

いつもと少し口調が違う。

やんごとない身分と血筋を持ち、殿中にも上ることが許されている人間としては、やや下卑

た言い方であった。

あれこれ食事を用意させ、口もすすがずにそれを食べた。常であれば、ひとつの膳ですませるところをもっともっとと三膳、三倍も食べてしまった。

参内(さんだい)せねばならぬ日であったにもかかわらず、

「今日はやめじゃ」

屋敷を出るのをやめてしまった。

「急な病と伝えておけ」

そしてまた眠り、昼頃に起きて、

「腹が減った」

いつもは食べない昼餉(ひるげ)を食し、また眠ってしまった。

夕方になるとまた起きてきて、

「腹が減った」

夕餉の膳を、普段の三倍腹に入れた。

出かけぬと朝口にしたはずなのに、

「出かけるぞ」

そう言って、車を用意させ、いそいそと西の京にいる女のもとへ通った。

明け方には帰ってきたのだが、しばらく眠ったあと、

「腹が減って眠られぬ」

起きてきて、食事を摂り、また眠った。

昼餉を食べ、眠り、起きて夕餉を食べ、今度は四条大路にいる別の女のところへ通った。

そういうことが十日続いた。

この十日のうちに、一度の食事で膳が三つだったものが、四膳、五膳となり、やがてそれ以上となった。毎晩女のもとへ通い、半月も過ぎた頃には、屋敷や女の所へも楽師などを呼びよせ、毎晩のように宴を催すようになった。

さすがに、家の者が、

「少し度がすぎるのではござりませぬか」

このように諫言(かんげん)したが、

「うるさい」

兼家は、このように言って、相手にしなかった。

見舞いに来た人間は、門前で追いはらってしまう。

「もう、宮中でも噂になっております。食事も女も結構でござりまするが、参内のことをないがしろにしてはなりませぬ。お兄上の兼通(かねみち)さまのところからも、また様子うかがいの者がやってまいりましたぞ――」

「放っておけ」

二十日を過ぎる頃には、以前より、ふたまわり、三まわりほども身体が膨らんで、もともと小太りではあったのだが、立つのも億劫になり、下のことまで自分で始末するのがたいへんになってしまった。

何かが食べたくなると、それを持ってこさせ、そればかりを食べる。

少し前には、

「鮎を食いたいな」

そう言い出して、鵜匠の忠輔に使いの者をやって、ありったけの鮎を届けさせ、それだけを食べる。

焼けるそばから、

「うまい、うまい」

頭ごと骨ごと鮎を食べ、それがなくなると、まだ焼く前の生の鮎をそのまま手づかみで齧った。

腹が減ってたまらぬ時は、庭に出て、生えている草を食べる。

「うまいのう、うまいのう」

にいっと笑うその顔が、いつの間にか人のものでなくなっているようである。

眉があり、眼があり、鼻があり、口がある——それだけを見れば人のようだが、人のように思えない。

三日前には、腹が減ってくると、

「こうなったら、人でもよいから食いたいのう」

このように口にするようになった。

「たれじゃ。食うとするなら、いったいたれを食えばうまいかのう……」

これは、恐い。

昨晩などは、

「もう、辛抱できぬぞ、重之（しげゆき）……」

家の者である重之にそう言った途端、額の左右のところに、もこり、もこりと、鹿のふくろ角（づの）のように、肉というか、骨というか、盛りあがってきたものがあったという。

四

「まあ、そういうことがあって、重之殿が、しばらく前、相談にやってきたというわけなのだ」

晴明は、瑠璃の盃を手に持ったまま、博雅にそういうことを語ったのである。

「では、兼家殿のところへゆくのか？」

博雅が問う。

「ああ、この酒がなくなったら、足を運んでみようかと思うている――」

晴明が盃を置いた時、

「お客さまにございます」

庭から声がかかった。

見れば、楓の下に蜜夜(みつよ)が立っており、その後ろに、露子姫、水の入った桶を抱えたけら男、魚籠をぶら下げたいなご麿がいる。

その後ろにいるのが、珍らしく素顔をさらしている黒丸であった。

その黒丸の横に並んでいるのは、晴明も博雅も、これまで会ったことのない、異国の戦装束に身を固めた少年であった。

「おう、露子姫ではないか。その姿は、どこかの川にでも入っていたのかな」

晴明が声をかけると、蜜夜が横へ身をひき、そこへ露子が出てきた。

「紙屋川で、どぜうを捕っていたのよ」

「ほう」

「どぜうを飼うのがおもしろくて。ねえ、知ってる、晴明さま」

「何をかね」

「どぜうって、空気を食べるのよ。息が苦しくなるためだと思うのだけれど、どぜうは、時々水面に口を出して空気を食べ、その空気をうんちのように、またお尻から外に出すのよ」

「それは知らなかったな」

「でしょう」

泥鰌は、水の中に酸素がなくなると、水面で空気を食べて、それを尻から排泄する。その過程で、腸で酸素を吸収しているのである。

晴明は、この世のことについては知らぬものがないくらい、様々の知識を身につけているが、露子が発見してきた虫や生き物の生態については、初めて耳にすることも多い。

そういう知識を、晴明は露子から聞くのが楽しくてたまらぬらしい。

また、露子は露子で、晴明が知らなかったことを晴明に伝えるのがこの上なく嬉しいようである。

「ああ、いけない。どぜうのことは、また今度お話ししましょう。今日は、川で知りあった方を、お連れしたの。なんだか、たいへん困っている御様子だったので。お話をうかがったら、それなら晴明のおじさまに相談するのが一番いいだろうと思って——」

露子が後ろを振り向いてうながすと、少年が前に出てきた。

頬がほんのりと赤い、どこか怒っているような顔つきで、少年は晴明を見た。

「僕(わたし)は……」

と、少年が口を開くと、

「哪吒太子(たいし)さまですね」

晴明が声をかける。

「どうして僕(わたし)の名を?」

「存じあげておりますよ。その背負うたのは、見れば斬妖剣。腰に下げたる刀は砍妖刀、両手首に嵌めたのは火輪、左手に持ちたるは火尖鎗、腰に下げた布は混天綾、同じく腰からぶら下げている縄は縛妖索とお見受けいたしました。これら六種の武器を帯びて堂々とお立ちになっておられるのは、哪吒太子さま以外にはおられませんよ――」

晴明が言うと、急に、少年――哪吒の顔がほころんだ。

「いや、いやいやいや」

はにかんだ顔は、少年そのものである。

「足の下にあるのは、御自身がお造りになった風火二輪でござりますね。初めて拝見いたしました。綉毬、降妖杵は、今日はお持ちではないのですね。お父上とは、今はうまくやっておられるようですが、托塔李天王は、おすこやかにお過ごしなのですか――」

哪吒太子――

唐の国にあっては、神仙のひとりである。

その生まれは、唐よりもさらに古い。

父は、托塔李天王。

生まれた時、左手に「哪」、右手に「吒」の字を握っていたことから哪吒と名づけられた。

三番目の子であったことから、哪吒三太子とも呼ばれているが、生まれて三日目、湯浴みの最中に裸のまま海に飛び込み、水晶宮に乗り込んで、龍王の子である敖丙の背筋を引きぬいて、これを縧にしようとした。

これがたいそうな、大事件となり、父である李天王は後難をおそれて、哪吒を殺そうと謀ったのである。

哪吒はこれを怒り、悲しんで、自らの骨を抉りとって父に返し、父の精と母の血を抜いてふたりに返し、自ら命を絶ってしまったのである。

この哪吒を救って生き返らせたのが、釈迦であった。

蓮の根、蓮の糸、蓮の葉を使って、骨、肉、皮膚となして、哪吒を蘇らせたのである。

つまり、このことによって、哪吒は蘇った時の姿のままとなり、百年、千年たとうとも、歳をとらなくなってしまったのである。

父李天王は、死した後、昇天して天軍の総帥ともいうべき天王位を授けられたが、今も李天王は、息子である哪吒をおそれているのである。

晴明の発した言葉は、このあたりの事情をふまえてのものであった。

「我慢していますが、父が僕を殺そうとしたことは、忘れておりません――」

「玄奘法師の西天取経のおり、御尽力なされたそうですね。そのおり、かの斉天大聖とも剣を交えたとか――」

「はい」

「その斉天大聖とは、今は、仲よくしておられるとうかがっておりますが……」

「まあ、そこはそうなのですが――」

哪吒が、困ったように顔を伏せる。

「いや、不躾(ぶしつけ)なことばかりお訊ねしてしまいました。どうぞ、お気を悪くなさらぬように――」

博雅は、晴明が口にしていることを、半分も理解していない様子で、ふたりのやりとりに、半分あきれながら耳を傾けている。

「どうぞ、失礼のこと、寛大なる心をもってお許しを。なにしろ哪吒太子御本人が、ここにおいでになるとは思ってもみなかったことでしたので。この晴明でおやくにたてることあらば、何でもさせていただきます。御相談の儀とは、いかなることでござりましょう」

「ある妖魔を捜しております」

「妖魔？」

「はい。先ほどは、間違えて、そこの黒丸がそうかと勘違いをして、あやうく争いかけたのですが、露子姫に止められて、僕(わたし)の失態と気がつきました。その妖魔の話をしたところ、それならば土御門大路の安倍(あべの)晴明に相談するのがよいとのことで、ここまで連れてきてもらったのです」

「どういうことでござりましょう」

「斉天大聖の頃は、独角兕(どつかくじ)大王と名のっておりましたが、幾つも名を持っている妖魔です。ある時は、胡(こ)の国まで飛んで、さる都の王が、何人もの美姫をはべらせ、美酒、美食にあけくれているのを見て、この王になりかわって、快楽に溺れておりました。いずれのおりも、成敗されて、連れもどされたのですが、一度、地上の快楽を味わってしまうと、なかなか自らの力ではもどることができません。で、僕は、その妖魔を連れもどすために、太上老君に頼まれて、ここまでやってきたのです」

　太上老君と言えば、道教の祖である老子のことだ。

「その妖魔、実はその正体は、老君の飼っている青牛で、これまでも度々抜け出しては地上で悪さを働いており、人を頭から丸ごと齧って食べてしまうこともしばしば。今度は、牛飼いの眼を盗んで、東方へ逃げ、どうやらこの日本国のいずれかに潜んだものらしいのです。この都のどこかというところまでは察しがついたのですが、よほどうまく身を隠したのか、なかなか見つかりません」

　この青牛、太上老君が出かけるおりの乗り物で、老君と共にいることが長かったことから、いつの間にか、強い魔力を身につけてしまったものである。

「居どころさえわかれば、この僕が何とでもいたしますが、その居所がわからぬのです」

「なるほど。それならば、この晴明がお力になれると思いますよ――」

「それはありがたい」

「しかし、なればひとつ、お願いの儀がございます――」

「おう、なんなりと」

「その青牛ですが、どうやらある人物に憑りついているらしいのですが、捕える時に、その人物を傷つけぬようにお願いしたいのです」

「いや、それは――」

「むずかしいのですか？」

「僕はあわてんぼうで、時に思い込みが激しく、戦いとなると、相手をただひたすらに打ちすえてしまうことがよくあるのです」

少年の顔をした哪吒が、真面目な顔で言った。

自分のことをよくわかっているらしい。

「それならば、この晴明に、多少の策がございます」

「どのような」

「そのことであれば、道々にお話しもうしあげましょう――」

晴明は、そこでゆるりと立ちあがった。

「もうゆくのか？」

博雅が、晴明を見あげた。

「話を聞いたらば、考えていたより早い方がよさそうだ。兼家殿が、重之殿を食うてしまわぬうちにな」

「そうだな」

「では、哪吒太子さまと共にゆこうか――」

「おれもか」

「もちろんさ。哪吒太子の戦うお姿を見られるのだ。百度生まれても、そうそうお目にかかれるものではない」

「う、うむ」

博雅が立ちあがる。

「では――」

ふうん……

と、哪吒の足の下の車輪が音をたて、その身体が、三尺浮きあがる。

「仕度を、蜜虫」

晴明が言うと、すでに立ちあがっていた蜜虫がうなずいた。

「ゆこう」

「ゆこう」

そういうことになった。

五

晴明と博雅は、並んで兼家と向きあっている。

兼家の屋敷である。

ふたりで訪れてから、一刻に余る時間が過ぎていた。

夕刻と呼ばれる時間は、すでに過ぎている。あたりは薄暗く、燈台に灯りが点されていた。

「会わぬ」

と言っていた兼家が、いやいやながらふたりと対面することにしたのも、

「大事な話がござります」

「うまい酒と、食べものも用意してまいりました。このこと兼家さまにどうぞお伝え下さい
──」

晴明と博雅が、このように言い続けたからである。

会ってからしたのは、たいした話ではない。

天気の話やら、忠輔の鮎の話をした。

「用意してきたという、うまい酒と食いものはどうしたのじゃ」

話の腰を折り、手ぶらであるふたりに、兼家はたびたびそのように問うた。

「さきほど、重之殿におあずけいたしましたる故、おっつけ出てくるころではありませぬか
──」

言われた晴明は、その都度、このように言って、兼家の言葉をかわしていたのだが、

「重之、重之！」

兼家は、そのたびに、重之の名を呼んだ。

「博雅殿、晴明殿から届けられたという、酒と食いものはまだか⁉」

このように、奥に声をかけるのだが、重之も、酒も、食べものも、一向に出てくる気配はない。

たまらず立ちあがろうとする兼家を、

「いや、まずはおひかえを――」

晴明がひたすらなだめるという時間が続いた。

暗くなって、燈台に灯りを点したのも、晴明である。

いつものことであれば、兼家も夕餉をすませている頃であった。

「腹が減った。ひもじうてならぬ」

そう言う兼家は、会った時から常の兼家ではなかった。

身体も倍以上にふくれあがり、身につけているものも、合わせが割れて、肌がむき出しになっており、そこに、青黒い獣毛が生えているのが見えるのである。

顔にも獣毛が生えており、

「うむむ、むむむ」

と唸り、舌が唇から長く這い出てきて、鼻や、頬までを、べろりべろりと舐める。その舌が、やけに分厚く、赤い。

舌が舐めてゆく鼻も尖っており、黒くなった鼻の穴は上をむいている。

眼は、黒目の部分が極端に少なくなっており、吐く息はなま臭く、顔をそむけたくなるようであった。

烏帽子のすぐ下——額の左右からは、下から皮膚を盛りあげているものがある。それは、あさ黒い瘤のようであった。そのふたつの瘤のため、烏帽子が持ちあがって、だらしなく傾いている。

これは、尋常のことではない。

何かが兼家に憑りついていることは明らかだった。

「晴明よ、博雅よ、これはぬしらがおれをたばかっているのではあるまいな」

「いえ、そのようなことは、けして——」

「本当かっ」

言った途端に、

めりっ、

めりっ、

と音をたてて、額から生えてくるものがあった。

二本の黒い角であった。

破れた皮膚のその場所から、血がだらだらとこぼれて、頬に伝った。

炎の灯りに照らされて、その顔が凄まじい。

晴明がいなければ、博雅は逃げ出しているところである。

「ああ、ひもじや……」

「ああ、ひもじや……」

兼家がつぶやく。

（おい、晴明よ、まだか……）

そう言いたげな博雅の視線が晴明に向けられた。

「んもももも、もう我慢できぬ」

兼家が、片膝立ちになった。

「こうなったら、人でも食うかよ。なあ、晴明——」

兼家が立ちあがろうとしたその時、

「今ぞ、逃げよ、博雅！」

晴明が叫ぶ。

博雅は、立ちあがって、駆けた。

その後を晴明が走る。

庭へ駆けおりた。

その後を追って、兼家が四つん這いで走る。

烏帽子は、すでに兼家の頭から転げ落ち、額に生えた角は、牛のそれであった。

兼家もまた、庭へ駆けおりて、晴明の背へ、角で突きかけようとした。そこへ、真上から槍が飛んできて、兼家の鼻先の地面に突き立った。

槍の先から、
ごう、
と、火炎が噴き出した。

「おう、これは、火尖鎗⁉」

兼家が言った時、またもや真上から、くるくると一本の縄が伸びてきて、兼家の身体に巻きついた。

「ううぬ」

「ううぬ」

半獣と化した兼家が、呻きながらもがく。しかし、その縄は、いよいよ強く兼家の身体を締めつけてくる。

「これは縛妖索ではないか。なれば――」

と、上を見あげて、兼家は叫んだ。

「おのれ、きさまは哪吒のこわっぱではないか」

兼家は、暴れようとするのだが、縄はさらにきつくなるばかりである。

風火二輪に足を乗せた哪吒が、屋根より高い宙で両足を踏んばって、縛妖索を両手で握っている。

「独角兕大王、もはやこれまでぞ」

哪吒は、そう言って、
ふううううううん……

いよいよ速く、風火二輪を回転させ、兼家を締めあげた。

月の天に、風火二輪の放つ火炎が、めらめらと美しく輝いた。

「まあ、うまくやったのね」

そういう声がしたので、晴明と博雅がそちらを見ると、露子、けら男、いなご麿が立っていた。

三人を守るように、黒丸がその後ろにひかえていた。

「帰らなかったのか——」

晴明が言うと、

「だって、晴明さま、百度生まれても見られぬものを見られるのだぞとおっしゃったじゃない。おとなしく、帰られるものじゃないわ。わたしたちなら、黒丸がいるからだいじょうぶ」

露子が、澄ました顔で言った。

屋敷の外で、中の様子をうかがっていたところ、天に哪吒が浮きあがるのが見えて、

〝もはやこれまでぞ〟

という声が届いたので、中へ入ってきたのだという。

「困った姫だ」

晴明は、あきらめたように、微笑してみせた。

六

庭の松に、兼家は座したかたちで縛りつけられている。

縛っているのは、縛妖索である。

それを、立って見つめているのは、晴明と博雅、そして、重之と哪吒であった。

露子たち三人は、黒丸に守られて、しばらく前に、家へ帰っている。

月は、すでに場所を西へ移していた。

庭に立てた燈台に、灯りがひとつ点されている。

「ひもじや……」

「ひもじや……」

兼家は、前を睨んでつぶやき続けている。

兼家のすぐ膝先に、酒がなみなみと注がれた大きな杯と、焼いた鮎、飯、そして生の肉と、刈りとった庭の草が置かれている。

「ああ、よい匂いじゃ」

兼家が、晴明を見あげ、

「ああ、たまらぬ。その酒をちょっとでよい、飲ませてくれぬか。なあ、晴明殿……」

うらめしそうな顔で言う。

その顔は、すでに、もとの兼家の顔にもどっている。

「その肉、その草でよい、ほんのひとつまみ、それを、わしの口の中に入れてたもれや」

晴明は答えない。

するると兼家は、今度は博雅を見つめ、

「のう、のう、博雅殿よ、その鮎の尾でよい、わしの口に入れてたもれや……」

哀しそうな声で言う。

しかし、博雅もまた、答えない。

「あれは、もう去った。わしは、もとの兼家ぞ。なあ、重之よ、たのむ……」

博雅は、晴明を見やり、

「おい、晴明——」

どうする、というように眼で問うた。

晴明は、静かに首を左右に振った。

すると、

「おのれ」

「おのれ」

兼家が身をよじった。

「こんな縄、ねじきってくれるわ」

急にあばれ出した。

すると、その顔に、ぞろりぞろりとたちまち獣毛が生え、額からめりめりと角が突き出てくる。

「独角兕大王になる前ぞ、その力ではこの縛妖索は切ることはできぬ……」

哪吒が言う。

と——

兼家が縛られていた松が、
みしり、
みしり、
と軋(きし)み音をあげて、揺れる。

思わず、重之が半歩退がる。

「だいじょうぶか、晴明——」

博雅が問う。

「以前に、黒川主(くろかわぬし)のおり、やったやり方じゃ。これで、なんとかなろうよ」

晴明が言うと、

「僕(わたし)にまかせていただけるのなら、棒で叩きのめして、この身体から青牛を追い出してやれるのですけどね」

哪吒が言う。

しかし、それをやったら、青牛が抜けた後、傷だらけの兼家の身体が残されるだけだ。ことによったら死んでしまうかもしれない。

「ええい。唐から逃げて、この都までやってきたら、欲深そうな親父がおったで、たやすく憑くことができたによ。半年は、遊んで暮らそうと思うたに、こんなに早くこうなるとはなあ……」

兼家が、顔を左右に振った。

「ああ、ひもじい……」

「ああ、ひもじい……」

兼家が呻く。

そのうちに、兼家の顔が、もとにもどってゆく。

こんなことが、すでに何度も繰り返されていた。

そのうちに、

「ああ、もうたまらぬ!!」

兼家が叫んだ。

顎がはずれそうなほど口を開き、

「かあああああっ」

声をあげた。

その口の中から、何かが出現した。

舌ではない。

青黒い獣の頭部だ。

青牛が、兼家の口から、外に出てこようとしているのである。

頭が出た。

次が頸(くび)だ。

そして、その次が二本の前足。

出てくるそばから、それはふくらんで、大きな牛の姿になってゆく。

「出たぞ」

哪吒が言った。

青牛が、全部その姿を出しきった時、晴明は、懐から、呪(しゅ)が書かれた霊符を右手に取り出していた。

その動きを、晴明は、一瞬、止めた。

その隙に、青牛は、たまらぬ様子で杯に鼻先を突っ込んで、赤い舌でそれを舐めとった。

その時、晴明の身体が再び動いて、右手に握った霊符を、青牛の額に貼りつけていた。

青牛が、その途端、動かなくなった。

「哪吒太子さま、どうぞ、太上老君の青牛をお受けとり下さい」

七

晴明と博雅は、簀子の上に再び座して、昼の続きの酒を飲んでいる。

酒の残りは、もうわずかだ。

晴明の盃に半分、博雅の盃に半分。

残っていた二尾の鮎も、すでにふたりの腹におさまっている。

ふたりきりだ。

蜜虫も蜜夜もいない。

ふたりだけで、しみじみと酒を飲んでいる。

まだ夜は明けぬが、東の空が白みはじめるのは、もうじきだ。

さすがに、風は涼しい。

昼の熱気が、嘘のようである。

庭の闇の中を、蛍が、ひとつ、ふたつ——

しばらく前に、晴明の屋敷にもどってきたところだ。

あの後、哪吒は軽がると青牛を両肩に担ぎあげ、

「世話になった」

そう言って、身体を宙に浮かせた。

「いずれまた、あの酒を飲ませてもらいにくる」

「いつでも」

晴明が言うと、

きゅうううううん……

と風火二輪が音を高くして、青牛を負った哪吒の姿は天高く舞いあがり、西の天に向かって飛び去っていったのである。

終ってみれば、夢のような夜であった。

「おい、晴明よ……」

博雅が声をかける。

「なんだ、博雅よ」

「おまえ、やはり、優しい漢(おとこ)だな」

「なんのことだ」

「あれは、わざと霊符を貼るのを遅らせて、青牛殿に、酒を飲ませてやったのだろう?」

「さあな」

晴明は、庭の蛍を見つめている。

博雅は、その晴明の顔を見つめている。

ふたりは、なかなか、酒に口をつけなかった。

残りの酒を干してしまったら、この夜の不思議な物語が、本当に終ってしまいそうな気がしているからであろうか。

晴明と博雅は、酒の半分入った盃を手にしたまま、いつまでも無言であった。

晴明は蛍を、博雅は、その晴明の顔を見つめていた。

按察使大納言（あぜちだいなごん）　不思議のこと

一

ふと、目覚めたら、闇の中であった。

闇といっても、濃い闇ではない。

ぼんやりとあたりが見えるのだが、しかし、目覚めたここが、どこのどういう場所かはわからない。

なんだか身体がぽかぽかとあたたかい。

どうやらその温もりで、目が覚めたということらしい。

おそろしく大きな家のようなものの中に、自分はいるらしい。天井は高く、暗く、どのようになっているか、見当もつかない。

壁は、どうやら堅い土のようなもので、その壁の隅でこれまで自分は眠っていたらしい。

あれ⁉

と思う。

どうして、自分はこのようなところで眠っていたのか。

いったい、自分は何者なのか。

このわしは……

このわたしは……

そうだ。

橘実之(たちばなのさねゆき)――

按察使(あぜち)で、大納言(だいなごん)だ。

大納言実之。

娘がいる。

名は、露子(つゆこ)。

今年で十八歳になる。

しかし、眉も抜かず、紅もつけず、歯も黒く染めない。

男のようななりをして、顔も隠さず平気で外へ出てゆく。

虫や魚、蛇などを平気で手で触り、つかむ。

手をやいているが、しかし可愛い。

この上なく愛おしい姫だ。

しかし、その自分が、どうしてこのようなところで目を覚ましたのか。

自分の屋敷の、自分の寝所でないのはどういうことか。

しかも、今は、朝なのか、昼なのか、夜なのか。

いつ、ここで眠ったのか。

眠った時の記憶がなかった。

それすらもよくわからない。

いったい何があったのか。

だが、それにしても、腹が減っていた。

目覚めた時にはわからなかったのだが、あれこれ考えを巡らせているうちに、腹が減っていることに気がついたのである。

気がついてみれば、その空腹感は耐え難い。長いこと眠っていて、腹がすきすぎた——そのような感じである。

何でもよいから口に入れたいのだが、食べられそうなものはどこにもない。

踏んでいる地面は砂のようだが、砂とも少し違うもののような気もする。

よくわからない。

わからないが、しかし、目のくらむようなこの空腹だけはなんとかしたい。

そう思っていると、向こうで、何か動くものの気配がある。

眼をこらしても、それが何であるかよくわからない。

しかも、それは、どうやらこちらへ近づいてくるようである。

何かおそろしいものでも、やってくるのであろうか。

かさ……

こそ……

という、砂のようなものを掻く音が迫ってくる。

見えた。

それは、大きな犬くらいはありそうな白っぽいものであった。

さらにそれが近づいてくると、その白っぽいものは、綿のようであった。

毛のふわふわとした犬。しかし犬と違っているのは、その足の数であった。犬の足なら四本だが、近づいてくるものは、確実に四本以上の足があるのである。

もののけか。

はたまた妖しのものか。

あるいは、これまで見たこともない獣であるのか。

思わず逃げようとした実之であったが、その心とは別に、足が前に出ていた。

実之は、やってきたその白いふわふわしたものに、両手で抱きつき、その首とおぼしきところに噛みついて、ちゅうちゅうとその血を吸いはじめたのである。

いったい、どうしたことか。

心は逃げようとしているのに、身体の方が勝手にこのふわふわした白いものに飛びついてしまった。

しかも、その血を自分が吸っているのである。

なんともおぞましいことをしているはずなのに、その血の味は、なんともほろにがく、それがまた美味いのである。

気がついてみれば、その白いふわふわしたものは動かなくなっており、全ての血を自分は吸い尽くしてしまったらしい。

しかし、実之の腹は、まだ減っていた。

もっと――

もっと――

さらに腹の中に何か入れないと、おさまりそうにない。

自分は、餓鬼になってしまったのかと実之は思う。

それに、なんだか暑い。

さっきまでは温かくてよい心もちであったのだが、それが今では暑さに変じている。どこか、もう少し涼しいところはないものか。

実之は、砂のようなものを踏んで、歩き出した。

あちらの方に、ぼうっと明るいところがある。

その方向へ向かって歩き出したのである。

明りの中へ出た。

いったい、そこは、どういうところであったのか。

ついさっきまでいた場所よりも、ずっと広いところに、どうやら自分はいるらしい。

そこがどこか見定める前に、実之が眼にしたのは、動くものであった。

それは、大きなものであった。

犬や猫といった大きさではない。もっとずっとずっと、遥かに大きなものであった。

しかも、それは、人のようであった。

その丈は、二十丈、三十丈はあるであろうか。いやそれ以上はありそうである。

ただ、あまりのことにその大きさの見当がつかない。

その人が、高いところから、じろりと実之を見おろしてきた。

しばらく、その眼は実之を見おろしていたが、やがて、視線をそらせて歩き出した。

その大きな人のことも気になったのだが、それよりも心の中心を占めているのは、空腹であった。

どこかに、食いものはないか。

実之は、腹を満たしてくれるものを捜して、また歩き出した。

二

歩いていると、何やら鼻に届いてくるものがあった。

食べものだ。

何の匂いか。

それは間違いない。

足を急がせようとしたのだが、さっきよりもうまく足が動かない。

それでもかまわず、匂いのする方へ進んでゆくと、行く手に、大きな白い岩のようなものがあるのが見えた。

その岩を、大きな、とそう形容してよいものかどうかはともかく、実之自身の身体よりも、ひと回り以上は大きい。

その白い岩が、黒い土の上に転がっているのである。

食べものだ。

実之は、その白い岩が食べられることが、すぐにわかった。

こんなに良い匂いがするのだ。

食べられぬわけがない。

足をはやめて、その岩の前に立つ。

両手を岩にあて、齧(かじ)りつこうとすると、自分の鼻と口がふいにきゅうっと伸びて、顔を押しつけるより先に、その口と鼻が白いものに届き、
あ!?

と思った時には、その白いものをがりがりぼりぼりと、齧りはじめていたのである。

美味い。

おもうさま貪りながら、ふと何かの気配を感じて見あげると、上からあの大きな人がぎょろりとした眼で、実之を見おろしていたのである。

おう、
と、思う間もなく、その人の右足がもちあがり、それが踏み下ろされてきた。

あれ……

と、声をあげることもできなかった。

実之が最後に見たのは、自分に向かっておりてくる草鞋(わらじ)の底だった。

三

踏み潰された——

そう思って、実之は眼を閉じたのだが、意識はあった。

一瞬、眼の前がまっくらになったのだが、身体のどこにも痛みはない。

おそるおそる眼を開けてみると、実之は宙に自分の身体が浮いているのに気がついた。

すぐ目の前に、さきほど自分を踏みつけにきた人物の横顔があった。

高さは、三十尺もあるであろうか。

自分の身体をよくよく眺めてみれば、背の左右から翼が生えている。

そうか、踏みつぶされる前、自分はこの翼で飛んで逃げたのか？

そして、自分の身体が、青く光っている。

どうやら、この人物は自分が逃げて、今、宙を飛んでいることに気がついていないらしい。

これ幸いとばかりに、実之は、もっと高く飛ぶことにした。

ここがどこであるかを確認するその前に、この人物の手が届かぬところまで逃げるのだ。

それ、もっと高く。

もっと高く……

手が届かぬところまで逃げたと思った途端のことであった。

ふいに、身体が動かなくなった。

何かの、白い縄のようなものに、身体がからめとられたのだ。

「これは!?」

あわてて翼を強く激しく震わせて、縄から逃げようとするのだが、縄はねばつき、あばれればあばれるほど自分の身体にからみついてきて、逃げることができなかった。

困ったことになった——

そう思ったが、自分にからみついていた縄が、ぶるんぶるんと震えだし、その縄を伝って、毛むくじゃらの怪物がこちらに近づいてくるではないか。

黒や黄色や、赤い模様が身体中にあり、なんと、その顔には、大小合わせて八っつの目だまがある。

とてつもなく、おそろしい光景であった。

「た、たすけてくれえ!!」

実之は叫んでいた。

そして、その自分の声で、実之は蘇生していたのである。

眼を開くと、漢(おとこ)の顔が自分を見おろしていた。

「気がつかれましたよ」

その漢が言うと、

「おとうさま」

という声が響き、顔の横に、若い女の顔が並んで、自分を見おろしてきた。

実之の娘——露子だった。

四

けら男が、晴明のところへやってきたのは、まだ朝の早い頃であった。

正月の七日——

七草粥の仕度を、蜜虫と蜜夜がしている時であり、そろそろ博雅がやってくるかという刻限だった。

「晴明さまよう」

と、けら男はすぐに用件を切り出した。

「露子のところの親父さまがよう、夕べたいへんなことになっちまってよう、今朝になっても、ずっと眼を覚まさないいらしいんだよう——」

ぶっきらぼうだが、表情にせっぱつまったものがあるのは、容易に見てとれた。

〝露子のところの親父さま〟

というのは、もちろん露子の父、大納言実之のことである。

普通なら、頼みごとがあれば、露子が直接やってきて、

「ちょっと困ったことがあって——」

そう言ってくるところだが、本人が来ないというのは、おそらく父である実之につきそっているということなのであろう。

「どういうことなのだね」

晴明が訊いても、

「それがおいらにもはっきりわからねえんだよ。とにかく晴明さまに来てほしいんだって——」

早朝に摘んだ七草が余ったので、露子のところへ持っていったら、この頼みごとをされたのだという。

「わかった、ゆこう」

そう言って立ちあがったところへ、博雅がやってきた。

話を聞いて、

「ならばおれもゆこう」

そういうことになったのである。

博雅と四条大路まで出かけてゆき、実之の屋敷にあがると、露子は、仰向けになって眼を閉じている実之の横に座しており、ふたりを待っていた。

「晴明さま、博雅さま……」

露子は不安気な顔をあげて、すがるような眼で晴明と博雅を見た。

「何があったのだね」

晴明が優しく声をかけた。

「父上が眼を覚まさないの」

露子の眼からは涙が溢れそうになっている。

話を聞いてみると、こういうことであった。

昨日の昼過ぎ、露子は、父の実之と共に、菜を摘みに出かけたのだという。

翌日――つまり、今日が七草粥の日であったので、わざわざ足を運んだのだ。

常のことであれば、実之も菜を摘むくらいのことで、わざわざ出かけたりはしないのだが、年に一度の七草粥のおりには、前日に露子と共に、菜を摘みに出かけてゆく。それが、実之にとっては楽しみであり、この時ばかりは、実之も、

「そろそろ、おまえも眉を抜いたり、歯を染めたり、いろいろ人がましいことを考えてみたらどうかね――」

そのようなことは口にしないので、露子も楽しみにしている行事であった。

年に一度――都にいる者は、貴族であれ庶民であれ、七草粥を食べる。

唐から伝わってきた行事で、正月の七日に、芹、薺、御形、繁縷、仏座、菘、清白――七種の菜を粥にして食べると、病をわずらうことなく、長生きできると言われている。菘と清白は、それぞれ蕪と大根のことで、野で摘むのは、もっぱら芹、薺、御形、繁縷、仏座である。この五種の菜は、日本国に昔から自生する山野草で、セリ、ペンペングサ、ハハコグサ、ハコベ、コオニタビラコのことだ。

唐の伝説では、一口食すれば十歳若がえり、七口食すれば七十歳若がえり、八千年の長寿を

得ることができると言われている。

供の者を何人か連れてゆき、五つの笊(ざる)にいっぱいになるほど摘んでもどってきた。

実之は上機嫌で、

「露子や、あしたが楽しみだねえ」

「露子や、あしたの味つけはわたしがやろうかねえ」

「露子や、おまえも手伝うだろう」

露子や、露子やと、嬉しそうに声をかけてくるのである。

そして、その晩——

大炊所(おおいどころ)で、がたん、という大きな音が聴こえたので、屋敷の者が灯を掲げて足を運んでみたところ、そこに実之が倒れていたというのである。

意識を失っている。

傍には、芹を入れておいた桶が転がっていて、水はこぼれ、芹はばらばらになって散らばっていたという。

「もし……」

「だんなさま……」

声をかけても、身体に手をかけて揺すってみても、実之の意識はもどらない。

露子が呼ばれ、実之の身体は寝所に運ばれそこに寝かされた。

露子は、朝まで、実之の傍につきそっていたのだが、まだ意識はもどらない。

それでも、七草粥の仕度だけはしておこうと、家人たちが働きはじめたところへ、摘んだ菜をもって、けら男がやってきたので、露子は、晴明のところまでけら男に使いを頼んだのだということ。


あらためて見やれば、細いながら、実之は小さく息をしているのがわかる。

まるで、眠っているように見える。

「しかし、実之殿、どうして夜半に大炊所へいらっしゃったのであろうかな、晴明よ——」

博雅が、思案げな顔で、そう問うた。

晴明は、答えずに、露子を見やった。

「父上は、よくそういうことをするの。去年もそうだったわ」

「去年も——」

「その前の年も、そのまた前の年もそうだったのよ。夜半に急に、摘んできた菜のことが心配になるみたい。七草粥の時やお祝いごとがある時だけ使う竈(かまど)があるので、それを見に行ったり、菜を入れている桶の水を取りかえたり、摘んだ摘み口がしっかり水のなかにつかっているか見に行ったり。自分が摘んだものだから、気になるのだと思う——」

「ほう……」

博雅はうなずいてから、

「さっき、桶が落ちていて、水と芹が散らばっていたという話だったが、実之殿、夜に色々気になって、自分が採ったものがいかほどのものか、つまんで味見などなさったということは……」

露子に訊ねた。

「というと？」

晴明が訊く。

「芹の生えている水際には、芹によく似ているが、毒のあるものがあるではないか。実之殿、間違えて、それを口になさってしまったということは、考えられぬかな……」

「父上もわたしも、その毒芹のことはよくわかっているので、それはないと思います」

迷うことなく、露子が答えた。

「ふうん」

博雅は、声をあげた。

虫や、草や、野の花が好きな露子がそう言うのなら、そうなのであろう。

「ああ、言わなくちゃいけないことが、ひとつあったの」

「それは？」

「晴明さまたちがいらっしゃる少し前、父上が寝ながら何か口にしていたわ」

露子姫が言う。

「どのようなことを？」

ここは、どこじゃ……

何故、かようなところにわしはおるのじゃ……

露子が、実之のその時の声を真似るように言う。

腹が減った……

あれはもののけか……

はたまた妖しのものか……

「ははあ……」

晴明が、何か思うところがあるように、首を傾けた。

もっとじゃ……

まだ、腹がくちくならぬ……

「それは、いったい？」

博雅は、露子と晴明に眼で問うたが、答はない。

「こんなことも言ってたわ」

これはよき匂いじゃ……

おう、これはうまい……

「そのあとで、悲鳴も——」

「悲鳴？」

「あれ！」

露子は、実之を真似て自ら声をあげ、

「それきり……」

「何も言わなくなったのですね」

晴明が問う。

「はい、晴明のおじさま」

「では、少し、調べてみましょう」

晴明は、膝でにじりより、仰向けになった実之の上に掛けられていた夜着をのけた。

まず、晴明は、実之の懐へ右手を差し込み何やらの呪(しゅ)を唱えながら、胸、脇、腹などに掌をあてていった。

そして、その次が額であった。

やがて、額から手を離し、顔を実之の顔に近づけ、鼻をその口元によせて、その匂いを嗅いだ。

晴明が、顔をあげる。

「実之さまのお口元からは、どのような草の匂いもいたしません。これは、少なくとも、七草の草を間違えて口に入れ、このようになったものではありません。そしてまた、実之さま、眠っていらっしゃるわけでもありません」

「では、何なのだ、晴明よ」

「離魂です」

「離魂？」

「実之さまのお身体の中の、どこにも魂がござりませぬ。魂が、いずれかに抜け出ていってしまわれたのでしょう」

「なんと――」

「実之さま、まだ、死なれたわけではありませぬ故、いずれかにその魂、おられるかと思われます」

「それで――」

「もう一日も放っておくと、魂はもどれなくなってしまいますが……」

「父上は死んでしまうの？」

露子の、とりみだした声が響く。

「いえ。まだ、父上の魂は、この近くにおられるかと思われますので、なんとかしてみましょう」

「お願い、晴明さま、父上をどうか助けて！」

その言葉を耳にしながら、晴明は、懐から紙と小刀をとり出して、小刀を右手に、紙を左手に持った。

呪を唱えながら、晴明は、小刀で紙を小さく切ってゆく。

紙から、三角形をふたつ合わせたような紙片を切り出し、晴明はそれを中央でふたつに折った。

「それは?」

「蝶さ」

晴明が言う。

確かにそれは、小さな蝶に見えた。

その時、実之の唇が震え、

「た、たすけてくれえ!!」

その唇が動いて、そういう叫び声があがった。

「急ぎましょう」

晴明はそう言って、小刀を懐にしまい、右手の指で紙片の蝶をつまんだ。

その蝶を、実之の唇の上に乗せ、小さく短い呪を三度唱えてから、息を、
ふっ、
と、その蝶に吹きかけた。

蝶が、ひらひらと、実之の唇から舞いあがった。

その蝶は、人の顔の高さまで舞いあがり、ひらりひらりと向こうの方へ移動してゆく。

「あちらは？」

晴明が問いながら立ちあがっていた。

「大炊所よ」

露子も立ちあがる。

晴明、露子、博雅の順で、蝶の後をついてゆく。

はたして、蝶が向かったのは、大炊所であった。

三人が蝶と共に大炊所に入ってゆくと、土間に、ふたつ釜(かま)をのせることのできる、焚き口のふたつある竈があって、そのうちの一方で火が焚かれ、その上に釜がのせられていた。

竈の前にいて、新しい薪を、矢助(やすけ)という男がくべているところであった。

七草粥を作るため、米を炊いているのである。

何ごとかとこちらを見た矢助に、

「どうぞ続けてください」

晴明は、訊ねてくる隙を与えずにそう言った。

まず、蝶は竈の近くまで飛んでゆき、土間のある一点で、ひらひらと舞った。

「てんとうむし!?」

露子が言った。

その蝶のすぐ下に、潰れたてんとうむしが一匹死んでいた。

また、蝶が動き出した。

次に蝶が、移動をやめて、ひらひらと舞ったその場所では、一匹のコクゾウムシが、ひと粒の米と共に、潰されて死んでいた。

「米くいむしね」

露子が言った。

露子が言うと、またも蝶は動き出し、次に、大炊所の東の隅——柱と梁がぶつかっているところまで飛んでゆき、二本の材が交わっているあたりを舞いはじめた。

蝶は、しきりとそこを舞って、他へゆこうとしない。

そこに、ちょうど蜘蛛の巣が張られていて、その中心の近くで、一匹の青蠅が蜘蛛の糸にぐるぐるに巻かれ、今しもその身体を吸われているところであった。

「ここでしたか——」

晴明が言った。

「ここ? ここはどういうことじゃ、晴明!?」

博雅が言う。

「博雅さま、お待ちを——」

晴明が言うと、ほどなく、青蠅の前をしばらく舞っていた蝶は蜘蛛の巣から離れて、寝所の方へもどりはじめた。

「もどりますぞ、博雅さま」

三人が、蝶の後に続いて、さきほどまでいた寝所へもどってゆく。

三人が見守る中で、蝶は、再び実之の唇の上にとまった。

晴明は、右手の人差し指と親指、二本の指で蝶をつまみあげ、左手をそえて、それをふたつに裂いて破った。

と——

実之の唇が小さく開かれ、
ふっ、
と、確かな息が洩れた。

ゆっくりと、実之の眼が開かれてゆく。

その眼が、晴明を見る。

「気がつかれましたよ」

晴明が言う。

「おとうさま！」

露子が、眼に涙を溜めて、叫んでいた。

五

陽差しがあたたかい。

土御門大路(つちみかどおおじ)にある、晴明の屋敷の簀子(すのこ)の上だ。

晴明と博雅は、円座(わらざ)に腰を下ろし、湯気の中に鼻を差し込むようにして、椀に入れられた七草粥を食べている。

七草の香りが、鼻から吸い込む湯気の中にまざっている。

椀から顔をあげると、庭にほろほろと咲き始めた白梅が匂ってくるのである。

まだ三分咲きだが、この陽差しが続けば、五日もしないうちに、五分咲きを越えることであろう。

博雅が、空になった椀を簀子に置き、その上に箸をのせて、

「ふう……」

と、あたたかい息を吐いた。

「腹が減っていたものだから、また格別じゃ……」

博雅が晴明を見やると、晴明もまた空になった椀を簀子の上に置いて、その上に箸をのせるところであった。

四条大路の、橘実之の屋敷から少し前にもどってきて、用意のできていた七草粥の二杯目を、

互いに腹におさめたところだった。

　蜜夜がふたつの椀と、二膳の箸を下げると入れかわるように蜜虫がやってきて、酒の入った瓶子と、ふたつの杯を置いていった。

　晴明と博雅は、互いに互いの杯に酒を注ぎあって、それを手にとった。

　無言で酒を干す。

　合わせたのは、眼だけである。

　この年、最初に、ふたりで飲みかわす酒であった。

「しかし、無事でよかった……」

　しみじみと、博雅が言った。

「そうだな……」

　晴明がつぶやく。

　ふたりが口にしたのは、離魂していた魂がもどって、蘇生した橘実之のことである。

　意識がもどった実之は、自分が体験したことをその場で語った。

　そのおりのことを思い出したらしく、

「あのようなこともあるのだなあ、晴明よ――」

　博雅は、自分の杯に、あらたな酒を注ぎ入れながら言った。

　あのようなこと――というのは、離魂していた実之の魂が体験したことである。

実之が語ったことについて、もどってくる道々に、晴明が博雅に説明している。

「離魂した実之殿の魂がまず宿ったのは、火の焚かれていない竈の中で冬の眠りについていたてんとうむしの中であったのだ……」

離魂した魂は、近くにあるものに宿ろうとする。

それは、死んだばかりの人の身体であったり、やはり死んだばかりの犬や猫——あるいは意識を失っている人や犬、猫、鳥。生きて魂があるものの中には入りにくいからだ。

その点、冬の眠りについていたてんとうむしなどには入りやすい。

それが、隣の竈で、七草粥を作るため、火を焚きはじめたので、温かくなり冬の眠りに入っていたてんとうむしが眼を覚ましたということになる。

「てんとうむしやかいがらむし、それから米くいむしは、人の家や板の割れ目、狭いところで冬の眠りにつくからな。竈の隅で眠っていたものもあったということさ——」

晴明はそのように言った。

「その竈の中で、てんとうむしが食べたふわふわした白いもの、というのは、まあ、てんとうむしがよく食べるかいがらむしだが……」

それで、外へ出て、矢助に踏み潰された。

蘇生したてんとうむしが、いったん死に、次に実之が宿ったのが米くいむしであった。

米くいむしの実之が見た、白い岩のようなもの——

「それが矢助が七草粥を作る時、土間にこぼしたひと粒の米であったのさ――」

「では、あの、蜘蛛の巣にかかっていたあの青蠅も――」

「実之殿の魂が宿ったものであったということだな」

晴明の説明にはよどみがない。

矢助の話では、てんとうむしについては気がつかなかったが、米を齧っている米くいむしを踏んだ覚えはあるという。

「あの虫は米を喰いますので、見つけたらすぐにも潰すようにしておりますので――」

矢助はそのように言った。

酒がほどよく入り、ほどよく身体もあたたまってきた。

酒を飲んでいるうちに、庭の梅も、一輪、二輪、その数を増やしたように思える。

「しかし、それにしても晴明よ――」

「なんだ、博雅」

「いったい、どうして実之殿、離魂されたのであろうかな――」

「何かの拍子で、大炊所で足をすべらせ、お倒れになった時、頭でも打ったのであろう」

「頭を？」

「うむ。人は、大きく動転したり、頭を強く打ったりした時、離魂することがままあるのだ」

「ほう」

「特に、その時、誰かのことを心の中で想うていたおりなどはな」

「実之殿、いったいどなたのことを――」

そこまで言いかけて、

「なるほど、そういうことか」

博雅が自分でうなずいた。

「そういうことさ、博雅」

「露子姫のことを思うておられたのだな」

「実之殿、明日のことが楽しみで楽しみでいられなかったのであろう。露子姫と共にすごす七草粥ぞ……」

「露子姫も――」

「もちろん、楽しみにしていたということさ――」

晴明の言葉に、博雅は、少し沈黙して、杯の酒を見つめ、

「なんのかんの言うても、実之殿、露子姫のことを愛しゅう想うておいでなのだなあ」

「露子姫もな」

「よき父娘だな」

「うむ」

とうなずいて、晴明は庭の梅を見やった。

話をしている間に、また一輪、梅の数が増えたようであった。

「春が早く来るとよいな、晴明……」

博雅は、そうつぶやいて、杯の酒を干した。

あとがき

釣り小屋にて

深夜であるのである。

川の音が聞こえているのである。

それを聞いているぼくは、七十二歳ということになっているのである。

信じられるかね。

信じられなくたって、信じたって、どうしたってこうしたって、七十二歳なのであるんであーる。


あ〜〜〜〜〜〜〜〜〜〜〜〜〜〜〜〜〜〜〜〜〜〜

るう〜〜〜〜〜〜〜〜〜〜〜〜〜〜〜〜〜〜〜〜〜〜〜〜〜〜〜〜〜〜〜〜〜〜

ある〜〜


キマイラの雄叫びなのである。

この釣り小屋を建ててから、三十年近い歳月が流れた。

小屋の目の前が川だ。

水の美しい、鮎のおいしい川で、岩魚(いわな)、山女魚(やまめ)だって釣れる。

なんとも言えない澄んだ水が流れ、そこへ、正面の森から小さな滝が落ちているのである。

岩手県は、遠野から、農家一軒分を解体してここへ運び、新しい部材(ぶざい)を加えて、曲り屋にしてもらった。

本来なら、家畜が入るところへ、釣り道具を押し込み、残ったスペースで陶芸の真似ごとができるようにしてもらった。

電気釜とガス釜がふたつ。

釣りをして、土をいじって、そして仕事をする。

夜は、囲炉裏で一杯やりながら食事。

ぼくの、一番ディープな場所だ。

いいねえ。

いい日々だったねえ。

この三年間は、病気とコロナのためほとんど足を運べなかったのだが、今年からようやくまたここで遊べるようになった。

一緒に釣りをしたり、陶芸をやったりしていた仲間の杉本正光さんが、八十歳をいくつか超えて亡くなった。

杉本さんは俳句もやっていて、

火吹き竹火種一点あれば足る

こんな句をここで作った。

だんだん、仲間や友人がいなくなってゆくのは、なんだか淋しいねえ。

淋しいが、しかし、これはしかたがない。

これは、全て、全部、受けとめる覚悟はもうあるので――ったって、覚悟なんてあったったってなくったって、やってくるものはやってくるんだから、それはそれでよろしい。

ぼくが、おそろしいのは、今やっている連載十二本、残り時間で書きあげることが、ホント、できるのかいなということである。

『陰陽師』に関しては、ラストというのが存在しないので、これでいいとしても、残り十一本と、さらにあらたに唐へ渡る前の空海の話も書いておきたいし、さらにもう二、三本は長いものをやっつけておきたい。

ほんとは、もっとあるのだが、さすがにそれ以上は無理なような気がしているのである。

しかし、まことにまことにお恥ずかしいことだが、この歳になって、ようやく自分のやりたいことが見えてきたのだ。

陶芸だって、狂ったようにやりたいのだが、やれる量にも限りがあるんであーる。

けれども蹴れども、それはまあ心配したってしゃあないことなので、まずは今のペースでやってゆくしかない。

まあ、まずは、そんなところが今日この頃のおいらなのであるんでR（おおなつかしい）。

そんなわけで（どんなわけだ）、一句作ってしまいましたよ。

鈴虫と盲ひの姫と酒を飲む

こんなところでどうだ。

ともかくも、まだしばらくは、ひとつよろしくということになってしまったよ。

二〇二三年七月三十日
釣り小屋と小田原にて――

追記
ひとつ書いておかねばならないことがあった。
それは、我らが源博雅（みなもとのひろまさ）についてである。

実は、源博雅、最初の何話かにおいては、肩書が「武士」となっている。これは、『陰陽師』を始めるにあたり、晴明の相方である博雅を、そこそこ剣をあやつるのに巧みな人物としておいた方が、物語がよろしく転がってゆくのではないかとぼくが考えたためである。当時、バイオレンスとエロスの伝奇小説のまっただ中にあった書き手としては、いかにも思いつきそうな発想であった。

のほほんとしているのに、強い——

こんな感じでゆきたかったのだが、あたりまえのように、本来の博雅がそうであったろうと思われるキャラが書いてゆくうちに立ちあがってきて、途中から、博雅はそうであるべき現在の姿になっていったのである。

あさはかであった作家の設定を、博雅本人が正してくれたのだと思っている。

それで、ずっと気になっていたのが、初期『陰陽師』における博雅の肩書の「武士」である。よい機会であるので、今回、それを改稿して、「武士」という記述をはずすことにした。

本巻ではなく、第一巻、第二巻だけのことなのだが、これでようやく肩の荷が下りた気がする。

めったに、過去作品に手をつけることはしないのだが、他ならぬ博雅のことなので、きちんとしておきたかったのである。

ということで、『陰陽師』、もうしばらく続けさせて下さい。

初出掲載

兼家奇々搔痒	オール讀物　二〇一八年十月号
金木犀の夜	オール讀物　二〇一八年十一月号
ちび不動	オール讀物　二〇一九年十一月号
娟珠	オール讀物　二〇二〇年一月号
梅道人	オール讀物　二〇二二年三・四月合併号
殺生石	オール讀物　二〇二二年八月号
哪吒太子	オール讀物　二〇二二年九・十月合併号
按察使大納言　不思議のこと	オール讀物　二〇二三年一月号

陰陽師(おんみょうじ)　烏天狗(からすてんぐ)ノ巻(まき)

二〇二三年一〇月一〇日　第一刷

著　者　夢枕(ゆめまくら)　獏(ばく)

発行者　花田朋子

発行所　株式会社文藝春秋
東京都千代田区紀尾井町三―二三　郵便番号一〇二―八〇〇八
電話（〇三）三二六五―一二一一

印刷　TOPPAN

製本　加藤製本

組版　言語社

定価はカバーに表示してあります
万一、落丁乱丁の場合は送料当方負担でお取替えいたします
小社製作部宛お送りください

ISBN978-4-16-391739-9